Le Domaine des Douves

Du même auteur

Capsules, Antidata, 2018

Benjamin Planchon

Le Domaine des Douves

roman

Mialet-Barrault Éditeurs
3, place de l'Odéon
75006 Paris

www.mialetbarrault.fr

ISBN : 978-2-0802-7890-6

Aux vieilles pierres du Logis
et à Pierre et Denise,
qui leur ont donné vie.

Encore une fois je me laisse aller
à faire des étoiles trop grandes.

Vincent Van Gogh

Le tableau est gigantesque. L'œil ne peut l'embrasser dans sa totalité, ce qui donne au cerveau la sensation que la toile n'a pas de limites. Il est difficile d'en retenir un trait particulier. On n'y décèlera pas de teinte dominante, tant les couleurs s'y enchevêtrent, ni d'unité stylistique. La toile n'a pas de centre ou de scène principale. Elle est composée d'innombrables motifs, minuscules et d'égale importance. L'observateur doit presque se coller au tableau pour en saisir les détails. Il n'y a pas de premier plan, ni de second, pas plus que de réelle perspective ou de ligne de fuite. Pas de porte d'entrée. L'œil glisse, indécis, et ne sait où regarder. La toile est imprenable.

CHAPITRE I

Je ne repense jamais à mon enfance. Je n'en rêve pas et ne ressens pas le besoin d'en parler. Ce n'est pas que je sois plus insensible qu'un autre, ni plus amnésique. En faisant quelques efforts, je peux même me souvenir de détails précis – l'inflexion d'une voix, des boucles rousses roulant dans une nuque, le parfum putréfié d'un marécage ou la lumière sèche éclaboussant un matin de douleur. Ma mémoire n'a rien effacé. Simplement, ça ne m'intéresse plus. Mon passé est derrière. Je suis relié à lui, mais la corde a suffisamment de mou pour ne pas me retenir. Lorsque l'on me questionne, j'esquive, je change de sujet. Je n'aime pas ressasser. Certains de mes amis s'inquiètent pour moi ; ils adorent imaginer que je couve une abominable dépression – on ne peut pas être *à ce point* détaché de sa propre histoire. Ils pensent que je fuis quelque chose, mais en toute honnêteté, ils se trompent. Et j'ai l'impression que l'on vit très bien – mieux, peut-être – en n'étant pas trop près de soi. Mon enfance, ce continent étrange et inquiétant, est à sa place : enfouie dans les bas-fonds. Muette, entre les algues.

Il s'est passé quelque chose de terrible au domaine des Douves.

Je suis concentré sur ma respiration ; je peux sentir les muscles qui se contractent dans mes cuisses et l'air qui brûle ma poitrine. J'atteins la vitesse de quatorze kilomètres/heure, ce qui n'est pas loin d'être mon record. Le bois de Saint-Ouen est plein de coureurs. Nous sommes des centaines, silencieux, haletants, sur les pistes de running qui sillonnent la forêt. On ne se regarde pas, on se longe à peine. On sue ensemble, sans un mot. Un flux de solitudes, sous les clartés artificielles des lampadaires *design*. Je viens souvent au bois en ce moment. J'habite à deux pas, au pied des fortifications de Clichy, dans une minuscule maison où se trouve aussi mon atelier de restauration de tableaux.

En courant, j'essaie de ne pas penser à la petite toile de Jérôme Bosch sur laquelle je travaille en ce moment pour le musée Coty de Versailles et qui me donne tant de peine. C'est une rareté, découverte récemment dans les caves d'une vieille bâtisse du Périgord noir. On la date de 1517. La première couche de saleté a été retirée au laser au laboratoire de Stains, mais les couleurs ont beaucoup souffert. Alors que Bosch nous a habitués aux tableaux immenses et aux plans larges, la toile est un minuscule portrait, celui d'un nourrisson à tête de criquet qui croque un petit squelette humain rouge sang. Les experts pensent qu'il s'agit d'une étude réalisée pour préparer son chef-d'œuvre, le *Circus Neantis.* C'est très beau. Martin Granrut, un collègue qui fait autorité, trouve qu'il y a quelque chose de maléfique dans les couleurs de Bosch. Il refuse de travailler sur ses tableaux. Je suis plus prosaïque : je n'y vois qu'un agencement de matières. Un défi à relever – comment Bosch en est-il arrivé à cette teinte, à cette texture ? Quelle est la formule de son génie ? La restauration des ocres, en ce moment, me donne du fil à retordre : je me triture l'esprit depuis des semaines pour trouver l'intention *exacte* de l'auteur ; restituer de façon incontestable ce qu'a été ce tableau et faire apparaître son visage originel. Remonter dans le temps. J'ai créé un mélange prometteur à base de lichen et de basalte, mais j'ai peur de l'essayer : son acidité risque de détendre la toile. Je ne veux pas trahir Bosch et reste des heures, les bras ballants, à regarder le tableau. Je ne parviens pas à faire revivre cette œuvre. À en comprendre la vraie nature. Ces phases d'impuissance me rendent fou. J'ai besoin de me dépenser.

Il s'est passé quelque chose de terrible au domaine des Douves.

Je cours de plus en plus vite. Ma compagne, Marianne, m'explique souvent que l'exercice physique ne doit pas être un moyen de se défouler, mais un « chemin vers soi ». Je ne comprends pas vraiment ce que cela signifie, mais j'essaie d'obéir. Rester motivé. Fendre l'air, sans penser à rien. Je glisse sur la piste, calant mes longues foulées sur le rythme de ma respiration. Il fait tiède et quelques étoiles parviennent jusqu'à nous. La sueur coule dans mon cou. La douleur de l'effort est délicieuse. J'accélère. Au neuvième kilomètre, la vibration de mon téléphone me tire de ma concentration. Pour répondre, je ralentis un peu. Un policier, l'inspecteur Mehouad, se présente. Sa voix est profonde, un peu cassée. Très calme. Mais la communication est mauvaise et le son grésille affreusement. Cette voix semble venir d'un autre siècle. « Il s'est passé quelque chose de terrible au domaine des Douves », dit-il. Le nom qu'il prononce est si incongru, là, dans les allées de jogging, à deux pas du skatepark et des aires de yoga, qu'il me faut plusieurs secondes pour comprendre de quoi il s'agit. Je m'arrête brutalement, manquant de me faire percuter par une coureuse en combinaison fluo.

Le domaine des Douves.

Le passé se rappelle à moi. Mon enfance sort des eaux.

Alors que l'inspecteur me raconte qu'un incendie a ravagé la maison-maître, mon esprit s'échappe. Je repense aux danses des moissons dans les champs de blé rouge ; à la brume bleutée qui envahissait les marais pendant la pêche au congre ; à la valse des falaises molles, que l'on voyait gigoter depuis les toits les soirs de grand vent ; aux visages tordus des veuves des rivières. Ces souvenirs, si lointains, semblent tirés d'un livre d'images. Comme si on me les avait racontés. Je suis pris d'un léger vertige. Encore essoufflé, j'ai du mal à récupérer de ma course. Tout me revient ; je peux presque sentir le parfum vanillé de la terre grasse et fertile du domaine des Douves, où j'ai passé une partie de ma jeunesse.

« Le bâtiment principal s'est effondré », poursuit Mehouad de sa voix douce. J'ai du mal à l'entendre à cause de la friture infernale qui pollue la ligne et de la musique électronique qui coule des haut-parleurs installés le long des sentiers. « Mais surtout… Il y a une victime, monsieur Cardinaud. Nous avons retrouvé un corps. En partie calciné. Pardon, mais est-ce que vous m'entendez ? Il y a un bourdonnement terrible… » Lorsqu'il élève la voix, j'y distingue une pointe d'accent arabe : « Un corps ! Carbonisé ! Le visage est intact, cependant. Nous avons besoin que vous veniez l'identifier. Nous n'avons trouvé personne d'autre pour le faire. » Un petit silence s'installe. La voix de Mehouad se fait plus grave. « Nous pensons qu'il s'agit de madame Portemer. Phéodora. Elle vivait seule au domaine… ». Nouveau silence baigné de friture. « Votre grand-mère, monsieur Cardinaud. » Je suis trop abasourdi pour dire quoi que ce soit. J'ai la sensation de discuter avec un personnage de fiction. Tout cela est irréel. « Nous avons besoin de vous, vous comprenez ? Il faut venir à Saint-Loup. »

Le soir même, à peine douché, je récupère ma Citroën Picasso dans le parking bondé de la rue de la Solidarité et je prends la route. Mû par une force que je ne comprends pas, j'avance. J'ai l'impression de ne pas avoir d'autre choix que de suivre la pente et de me précipiter vers les lieux oubliés de ma jeunesse. Je ne prends pas la peine de repasser à l'atelier. Bosch devra attendre. De toute façon, il est en sécurité, dans mon coffre plombé. Je n'ai averti personne de mon départ, sans vraiment savoir pourquoi. Pas un mot, même à Marianne. Je n'ai pourtant rien à cacher.

Je traverse la ville en direction du sud. Alors que je me fais doubler par un bus de touristes sur le quai Voltaire, j'ai l'impression que j'abandonne mon territoire. La librairie de l'avenue des Écoles, le cinéma Mérieux, le kebab rose bonbon à l'angle de la rue Saint-André-des-Arts et des allées Balzac… je laisse mon univers derrière moi. Pourquoi ai-je le sentiment que toutes ces lumières brillent pour la dernière fois ? Je quitte le centre-ville.

En traversant le quartier d'affaires, je contemple les gratte-ciel. Un nuage d'étourneaux danse dans le soir. En reconfiguration permanente, il ondoie, s'élève brusquement vers le ciel, puis ruisselle le long des tours, constituant toutes sortes de formes incompréhensibles ; les bêtes semblent gouvernées par un ordre auquel nous n'avons pas accès. J'ai travaillé il y a deux ans sur une grande toile de Benoît Hivard représentant ces mêmes buildings. Une peinture violente, brutale, très expressive. Un jeu radical sur les reflets du soleil couchant – les tours avaient l'air de cathédrales en feu. La toile avait été légèrement endommagée lors d'une inondation dans les stocks du musée d'Art moderne de Châteauroux ; j'étais content de moi : grâce à un travail de fourmi au pinceau langue-de-chat, à l'éponge de corail et au grattoir, j'avais réussi à effacer la moisissure et à restituer le style brusque du peintre. Le tableau était comme neuf, un incendie de gratte-ciel.

Je me demande quel genre de ruines produiront ces buildings. Vont-ils rester plantés bien droits ? Se casseront-ils en deux comme le *Titanic* ? Tomberont-ils en poussière ? Ils sont fiers, aujourd'hui, mais la mousse les attend et finira par les recouvrir. L'humus a toujours le dernier mot. Je suis certain que leurs décombres seront superbes quand les lynx grimperont sur les terrasses et que des hordes de loups envahiront les *open spaces*. Quand la forêt, grouillante, aura repris ses droits. Je m'engouffre dans un souterrain et rejoins l'A18. Je pense à Phéodora, à ses petits yeux méchants et à sa peau d'iguane. A-t-elle vraiment fini par mourir ?

À minuit, je gare ma voiture à la station-service Total de Condé-sous-Limiers. C'est une station ultramoderne : couverte de néons incandescents, elle semble émettre des signaux vers l'espace ; un geyser de lumière dans la nuit. Elle a l'air d'une navette interstellaire échouée dans les champs. Un début de courbature, lancinant, me tiraille le mollet – je ne suis pas habitué à conduire aussi longtemps. Je m'étire un peu et entre dans le bâtiment, à la recherche d'un café lyophilisé et d'un sandwich suédois. Je m'attendais à une zone vide ou peuplée de quelques routiers hagards, mais l'espace « supérette » est bondé : une équipe de tournage est en plein travail. Des techniciens s'agitent dans tous les coins, talkie-walkie au poing. Les clients et le personnel se font tout petits et enjambent docilement les centaines de câbles qui jonchent le sol. « Silence plateau », crie quelqu'un ; je marche sur la pointe des pieds. En passant à la caisse, j'observe les comédiens. L'homme, petit et très beau, achète un Coca et un sandwich à la femme costumée en caissière, qui le regarde, l'air effrayé, comme si elle reconnaissait un tueur en série recherché par la police. J'échange un petit regard avec le caissier qui scanne mon sandwich ; nous sourions de l'effet miroir. Ils refont la scène plusieurs fois. C'est étonnant à quel point cela semble factice ; pas seulement les comédiens et les dialogues, mais aussi la caisse, le Coca, les présentoirs. On n'y croit pas. Ce qui est filmé est comme déréalisé. Les lieux sont transformés en décor et les objets, en accessoires. Ce n'est pas tout à fait la vie, pas encore la fiction, un curieux petit purgatoire. Un technicien jette un regard furieux à un salarié qui s'est lancé dans un bruyant réassort de bouteilles de Schweppes – ces gens ne peuvent pas supporter l'irruption de la réalité.

Je sors sur le parking pour avaler mon sandwich, trop humide, et mon café, trop amer. Un délicieux petit vent danse dans le soir. Le ciel est clair, pétillant d'étoiles roses ; il me rappelle ces soirs d'été où, allongée dans le jardin d'arbres à gelée du domaine des Douves, ma cousine Bertille m'a appris à reconnaître les quatre-vingt-neuf constellations et, grâce à un filtre de son invention à base de cire des rivières, à distinguer la matière noire. C'était il y a des siècles, mais je n'ai rien oublié. Andromède, le Cygne, la Gueule à Crocs, l'Œil de Caïn. De vraies petites créatures à la Bosch ; des amies dans les ténèbres. Connaître un peu l'architecture du cosmos, cela m'a toujours été doux au cœur. C'est apaisant, cette immensité. De telles échelles, de telles éternités, ça repose de soi. Il est temps de partir. Un inspecteur m'attend, au fond du pays d'Ombrière.

Je reprends la route en me frottant les yeux. La fatigue m'assomme, mais ma Picasso tient le coup et fuse dans la nuit. Les kilomètres défilent, dans une bouillie de paysages. Lorsqu'une énorme libellule d'un vert métallique, grosse comme une caille, s'écrabouille sur mon pare-brise, je décide de ne pas y voir un présage. J'allume la radio. Impossible de tomber sur une chanson qui ne soit pas de Jean-Jacques Goldman. De la friture, ou bien Goldman. Je n'ai rien contre lui. Ses paroles sont plutôt bonnes. Il a su capter son époque, avec plus d'humilité et de réalisme que les cadors de la chanson à texte. Moins chichiteux et plus honnête. Mais sa musique et sa voix me tapent sur les nerfs. Je finis par trouver une petite station locale qui change des grandes ondes, Radio Marigot. Un journaliste y annonce qu'une petite fille de Gromville-sous-Gibet a été attaquée par deux faucons laineux, qui lui ont dévoré un œil et rôdent toujours dans la région, puis qu'une foire aux épices aura lieu ce samedi à Saint-Judas-les-Prudes. Ensuite, une publicité pour des stages de magnétisme organisés par un druide assermenté (« Célébrez la forêt qui est en vous », susurre-t-il pour attirer les clients). Enfin, de la musique : une berceuse déchirante que je ne connaissais pas, qui raconte un massacre d'enfants pendant les récoltes. La station est alors avalée dans la friture, retour sur les grandes ondes.

Les lumières des phares, sur la voie d'en face, émergent du néant, flottent quelques instants dans les ténèbres, puis disparaissent. Près de la sortie 287 scintillent des gyrophares et des panneaux lumineux. Je dois quitter l'autoroute, dont un segment est fermé. La radio m'apprend qu'un cheval blanc échappé d'un haras voisin s'est engagé sur les voies. Alors que j'emprunte une bretelle, je l'aperçois, au loin, qui galope dans la nuit, seul et sublime. Une beauté frémissante. Les caméras ne vont pas tarder. Les scènes comme celle-ci devraient être peintes, pas filmées. La caméra les transforme en fait divers. Il faut un artiste pour déceler la vérité. On manque de peintres d'actualité, disponibles à toute heure. Le terroriste dans sa mare de sang, à la manière pointilliste ; cent vingt résidents d'un Ehpad noyés dans la crue du siècle, façon impressionniste ; le suicide du ministre de l'Intérieur, version pop art. Il faut du style pour déchirer les voiles et raconter ce qui se passe vraiment. Je m'engage sur les routes secondaires en me frottant les yeux.

Épuisé, à bout de forces, je renonce à atteindre dès ce soir le domaine des Douves et m'en remets à mon GPS. Sa voix rigolarde (la machine s'exprime avec les intonations potaches d'Omer Simpson et je suis incapable d'en modifier les paramètres) me guide vers l'hôtel le plus proche. Situé en lisière d'une zone commerciale, il est orné d'un immense panneau qui annonce des prix cassés – le territoire entier se soumet à l'empire du *low cost*. À quelques centaines de mètres, une forêt bruisse : y rampent des reptiles et y meurent des mulots. L'hôtel est entièrement automatisé. Je n'y croise pas de personnel, ni de client. On y paye par carte. Les murs sont couverts d'écrans plasma qui déversent inlassablement leurs pixels. Toute la nuit, ils continueront d'émettre des images, qui ne seront vues par personne. Le flux vidéo est un pourrissement de la réalité ; il n'a rien à voir avec le monde ; il conteste le monde. Je m'endors comme une souche, sans même prendre le temps de penser à la mort de Phéodora.

Je reprends la route avant l'aube. Lorsque mon GPS émet un sifflement et affiche « zone inconnue », je ressens un mélange de frayeur et d'excitation. Je suis sorti de l'espace référencé. Je m'approche de ma destination. Les ombres de mon enfance glissent déjà dans le matin. Barrant l'entrée du petit village de Saint-Germain-d'Outreville, le long cadavre blanc d'une éolienne gît au sol. Sa base a été rompue par je ne sais quelle puissance. Toute une guirlande de signalisations lumineuses est installée autour, et pour rejoindre la route de Saint-Germain je dois contourner les trois immenses pales de l'éolienne en empruntant un petit chemin caillouteux, qui fait gémir les amortisseurs de ma Citroën. Les pales ressemblent à de vieux ours polaires avachis, inutiles, obsolètes. L'énergie propre est au tapis – de toute façon, l'idée que l'on puisse produire sans rien détruire m'a toujours semblé un peu puérile. Mais la pensée me traverse que cette éolienne échouée est peut-être l'installation subventionnée d'un artiste subversif.

Dans l'aube fraîche, le village est désert. Je roule lentement, cherchant en vain à reconnaître les petites rues de vieilles pierres dans lesquelles je jouais parfois, enfant. Tout est propre, ripoliné, impeccable ; le hameau semble avoir été lessivé la veille. Aux fenêtres, les fleurs sont ravissantes et les volets repeints. Visiblement, le village mise à fond sur son patrimoine, et donc sur le tourisme. Je longe le petit centre médiéval, pimpant. Impossible de le rater : il est annoncé dans tout le secteur par d'innombrables panneaux d'information aux couleurs pétantes. Tout est encore silencieux, mais dans quelques heures le commerce du passé battra son plein. Des guides, des boutiques de souvenirs, des spécialités oubliées, de l'artisanat local. Un vrai parc d'attractions.

Quand j'étais enfant, les gens d'ici étaient coiffeurs, enseignants, mécaniciens. Ce n'est plus possible ; ces métiers ont disparu et les derniers habitants, pour survivre, n'ont d'autre choix que de mettre en scène leur village, en faire un décor de carte postale. Ils s'épuisent à savonner leurs rues et à vernir leurs murs pour donner à voir une histoire de pacotille. Un passé rassurant. Tout cela est une reconstitution – ou plutôt un pastiche. Il flotte dans ces ruelles immaculées quelque chose d'infiniment triste ; quelque chose de moribond. Mais le client aime ça. Et le client est roi.

Apparemment, c'est la « semaine internationale du gothique ». De nombreuses animations sont prévues pour célébrer l'événement, notamment une exposition de peintres locaux qui, au vu des affiches, m'ont l'air d'un bon niveau – même si, je dois l'avouer, je n'ai plus un goût très sûr en peinture, malgré mon métier ; c'est la tambouille qui m'intéresse. Le grand art me dépasse un peu.

Postée sur une gouttière branlante, une petite cigogne pailletée me surveille. Je passe devant l'ancienne boulangerie dans laquelle mon grand-père, cigare aux lèvres et casquette au front, nous emmenait le dimanche, pour nous offrir des sucettes aux goûts bizarres (« vermouth », « sucre d'algue », « craies rouges »). La boutique est aujourd'hui un magasin de randonnée pour les amateurs qui souhaiteraient découvrir les profondeurs du « pays du sanglier bleu » – l'emblème du coin, devenu un logo décliné sous toutes les formes, à toutes les sauces. Je dépasse la minuscule école Jules-Ferry, qui ne comptait jadis qu'une classe réunissant tous les niveaux, et où allait Yohan, le fils fascinant et violent des voisins, blond comme un soleil, qui connaissait la magie et m'avait un matin d'été entaillé la joue d'un coup de canif – j'avais ce jour-là découvert le goût terreux du sang. La petite école, elle, n'est rien devenue du tout ; elle n'a pas trouvé sa place dans le règne du tourisme. Le bâtiment est abandonné et quelques brins d'herbe rouge percent ses murs, çà et là. Quelque chose comme les ravages de la modernité, sans doute. En partant, j'aperçois à travers une baie vitrée gagnée par la moisissure un énorme cocon blanchâtre, gros comme un nourrisson. J'en ai déjà vu de pareils, enfant, lorsque la chambre de mon cousin Vassili a été envahie par d'énormes chenilles-centaures aux poils crépus. Ce souvenir me fait froid dans le dos.

Aussitôt que je sors du « triangle d'or » touristique, dont les trois extrémités sont le lavoir médiéval, le musée du rouet et les petites catacombes, je constate que le village tombe en décrépitude. Il semble à l'abandon. Plusieurs maisons sont délabrées, taguées, vitres cassées. Une grosse poubelle noire est renversée sur la chaussée. Quelques chiens sauvages se reniflent, l'air ahuri. Le contraste avec le centre propre est frappant. Je longe trois grands panneaux publicitaires défraîchis, aux couleurs passées. Comme s'ils s'usaient depuis cent ans. Le temps, ici, passe différemment. Il accable plus vite les choses et les gens. Peut-être n'a-t-il pas la même texture qu'ailleurs. Sur l'un des panneaux, qui vante des brosses à dents électriques, il est inscrit en lettres épaisses « Souriez à votre avenir ». J'accélère un peu pour quitter cette zone de désolation.

Faute de GPS en état de marche, je dois m'en remettre à ma mémoire. Je ne suis pas revenu au domaine des Douves depuis près de vingt-cinq ans – depuis la noyade de ma mère. Cette année-là, Yohan et moi avions trouvé au fond de la grange, dans la poussière et les plumes, une petite boîte d'acajou qui contenait un crâne – un crâne humain, je peux le jurer : à quinze ans, on sait reconnaître un crâne d'*Homo sapiens.* J'ai sorti la boîte de sa cachette, l'ai époussetée, mais je ne suis pas parvenu à l'ouvrir : il y avait un petit cadenas doré marqué d'une fleur de lys. Yohan m'a arraché la boîte des mains et l'a jetée sur le sol couvert de paille, de chiures de poule et de boue tiède. Il avait une force phénoménale et le cadenas a sauté sous le choc. Le crâne, qui semblait minuscule, est sorti de la boîte en roulant. De larges orbites, un front bas. Une mâchoire impeccable, à laquelle aucune dent ne manquait. Et deux petites cornes qui pointaient au-dessus des tempes. Yohan lui-même eut l'air d'avoir les jetons, alors qu'il n'avait pas cillé lorsqu'on avait coupé la langue du cantonnier pour l'empêcher d'invoquer Satan à tout bout de champ. Une fois dehors, la voix mal assurée, il m'a confié dans un murmure : « Au fond des orbites, j'ai vu un reflet. Et ce reflet, c'était le Mal. » Nous n'avons parlé de cela à personne et je n'en ai jamais su davantage sur ce vieux crâne jaunâtre.

Je longe une ferme, qui me semble vaguement familière. Ce vieil arbre tordu me dit quelque chose ; et cette croix de pierre, cette rangée de bouleaux. Ce cimetière d'enfants. J'ai déjà vu ces champs. Je m'arrête à une intersection pour arracher une poignée de feuillage qui m'empêche de lire un panneau de signalisation. Saint-Loup, quatre kilomètres. Je suis presque arrivé. L'air sent les feuilles mortes et la paille séchée. Malgré les affreuses raisons qui m'amènent ici, malgré mon rendez-vous avec la police et les heures pénibles qui s'annoncent, j'ai envie de rire. L'idée que personne ne sait où je suis renforce cette hilarité inattendue. L'ivresse du fugitif.

Je franchis le petit pont de pierre et dépasse l'ancien couvent, dont la tourelle, qui menace de s'effondrer, est couverte de vieux filets. Comme affalées sur le bord de la route, les quatre maisons du lieu-dit sont silencieuses. L'une blanche, encore majestueuse, les autres modestes et dévorées par le lierre bleuté. Il y a un graffiti sur la plus petite d'entre elles : « Jean-Marc Ayrault = enculé » inscrit au feutre rouge sur les vieilles pierres humides. Un dessin maladroit de pénis a été ajouté, en noir. Je dépasse les maisons pour rejoindre la propriété, qui est plus isolée, à quelques centaines de mètres. Un gentil soleil caresse la verdure entassée là, les mûriers, les frênes, le chèvrefeuille blond, les érables et les saules, la fougère asplenium et la bruyère sauvage – des coulées de nature, des bouquets opulents. Du végétal, jusqu'à saturation. J'en ai presque la nausée. Au détour d'un virage plus sinueux que les autres, dans la lumière légère du matin, j'aperçois la silhouette effilée du pigeonnier du domaine des Douves.

En 1886, Élisabeth Förster-Nietzsche, la sœur du philosophe, partit en Amérique du Sud fonder Nueva Germania, une colonie aryenne tropicale, afin de préserver la pureté de la race et de fuir le métissage à l'œuvre en Europe. Quelques familles la suivirent dans la jungle. Un siècle plus tard, en 1991, Ben Macintyre s'aventura dans les profondeurs du Paraguay et parvint à retrouver les descendants des colons. Malgré le rapide déclin de Nueva Germania, ils étaient encore quelques-uns à vivre dans les décombres de leur utopie. Ils avaient les mœurs, la culture et la langue de leurs ancêtres et vivaient dans une Allemagne luthérienne fossilisée. Mais leur communauté était rongée par l'endogamie et la consanguinité. Ces êtres malades, touchés pour beaucoup par des malformations, erraient dans la jungle et refusaient tout contact avec les Paraguayens. Ils rêvaient à une Allemagne éternelle, dans laquelle ils n'avaient jamais posé le pied. En approchant de la grille du domaine, je redoute de retrouver mes souvenirs d'enfance dans le même état que ces enfants pâles : dégénérés, rabougris, des fantômes difformes, errant dans un monde disparu.

Je me gare devant l'immense grille de fer rouge bloquant l'accès au domaine. En sortant de ma voiture, j'ai la sensation physique de tomber de ma vie dans une autre. C'est un peu comme pénétrer dans un film. Tout est si concret, tout exsude la vie, et pourtant, cela semble être une reconstitution. Une expérience de réalité virtuelle. J'hésite à franchir le portail et reste devant quelques instants, paralysé. Le trac. Une peur grotesque de ne pas être à la hauteur du passé.

La propriété a encore belle allure. Les pierres s'accommodent bien du temps et la nature est resplendissante. La pelouse a énormément poussé : d'épaisses touffes frémissantes jaillissent des talus et débordent sur l'allée centrale, comme une chevelure folle. Un petit soleil coquet donne à la scène des allures bucoliques. Comme si la mort n'œuvrait pas au fond des fourrés. Comme si bactéries et acariens ne bataillaient pas dans les profondeurs des pelouses. Le tableau général paraît doux, paisible et accueillant, mais si l'on étudie le détail, c'est une guerre à mort. Il n'est pas facile d'imaginer, dans cet éden, que des lombrics gluants digèrent des cadavres ; que des mouches visqueuses en décomposition nourrissent les taupes vertes. Pourtant, c'est un effort à faire. Il faut de la lucidité lorsque l'on contemple la beauté du monde. Ce qui doit grouiller grouille, ce qui doit tuer tue. De la nature des choses.

Derrière le portail, l'aménagement du domaine semble n'avoir pas tellement changé depuis toutes ces années. La même configuration de plantes, de pierres, d'allées, le même agencement. Mais quelque chose cloche et me met mal à l'aise. Quelque chose qui provoque un sentiment d'irréalité. Je ne parviens pas à mettre le doigt dessus. Est-ce un effet de mémoire ? Il flotte maintenant une odeur de seigle et de chaux vive. Les reflets du soleil dans les ruisseaux sauvages sont tranchants comme des rasoirs. J'essaie de chasser l'inquiétude. Tout de même, le domaine est superbe.

J'aperçois à travers la grille l'ancienne écurie, reconvertie autrefois en bibliothèque ; sur la droite, la grange, dans laquelle était stocké le foin et qui est sans doute infestée d'insectes sernophages ; un peu plus loin, jouxtant les noisetiers tournants, le donjon impérial, bâti en pierres de mâche, qui menace de s'écrouler depuis sept siècles, mais tient bon. Tout autour, encerclant la propriété de leurs méandres, les douves, profondes et mousseuses. Leur réseau complexe, sinueux, est un vrai labyrinthe. J'évite de les regarder. J'ai trop peur d'y voir à nouveau flotter le corps blanc, presque transparent de ma mère. Sa peau veineuse, sa petite dépouille glaciale. Elle avait l'air factice lorsque Papy Pépin l'a sortie des eaux ; je l'ai d'abord prise pour une poupée de cire blanche, désarticulée. Un trucage de théâtre. Perché sur l'un des petits ponts qui enjambent les douves, un héron caquenaude. Je frissonne.

J'ai du mal à croire que je suis bien là ; que je suis revenu. Je fais jouer le mécanisme d'ouverture du portail, conçu par mon grand-oncle Rodrigue à l'aide d'un jeu de go, de caoutchouc hongrois et de bambou séché. Je suis surpris de me souvenir encore de la combinaison. La grille s'ouvre lentement. J'entre, le cœur battant. Il n'y a pas un bruit. J'avance au milieu de l'allée centrale. Je me sens un peu ridicule de marcher ainsi, seul et solennel comme un vieux président, à l'ombre des pins siffleurs. J'aurais dû prendre la voiture. Je remarque alors que flotte dans l'air une puissante odeur de brûlé, de plus en plus âcre à mesure que je m'approche de la maison-maître, encore cachée par les orties géantes et les chênes des marais. C'est un parfum de mort, net, vif, terrible, qui me glace le sang. J'avais presque oublié l'incendie. Pourquoi n'y a-t-il pas à l'entrée du domaine les rubans jaune et noir de la police, pour éviter les intrusions, comme dans les séries new-yorkaises ? Pourquoi ne suis-je pas attendu par des *profilers* et des experts du labo, venus chercher des indices sur le départ du feu et analyser le cadavre de Phéodora ? Je me demande dans quel état je vais trouver la maison-maître. Je ralentis le pas. C'est sûrement la première fois que je vois ces lieux complètement déserts. Sans cousins, sans artistes, sans jeux farfelus. Sans vie. Le domaine est comme nu. Incomplet. L'essentiel n'y est pas.

Au bout de l'allée centrale, la maison-maître apparaît derrière les arbres à lianes et les épicéas, comme un temple inca surgissant des brumes et des jungles. Le bâtiment est méconnaissable. Il a été ravagé par l'incendie et les quelques pans de la façade qui tiennent encore debout sont noir corbeau. La toiture a disparu et, par endroits, les ruines fument encore. L'étage s'est effondré, plus de combles, plus de lustres, quelques pans d'escalier. Je ne m'approche pas trop près du brasier, j'ai peur de me faire brûler par les petites flammèches qui tournoient dans l'air comme des parachutistes. Des gravats et des cendres, voilà tout ce qu'il reste de la maison ; c'est un vestige, déjà. Tous ces murs, ces meubles, ces tapisseries, ces papiers peints, ces tentures, ces tableaux, ces mezzanines, ces bibliothèques transformés en charbon. Les siècles ne peuvent rien contre la flamme. Plus une tête ne dépasse. Une chanson du pays, que me chantait parfois tante Lou à l'ombre des pêchers venimeux, me revient en mémoire.

Feu joli, feu follet, au bosquet, Mélusine,
Feu joli, feu follet, tu as brisé mon cœur,
Feu joli, feu follet, dis adieu, Mélusine,
Feu joli, feu follet, dis adieu à tes fleurs
Pique de diou, pique de dia, c'est au bûcher qu'on la jeta !

Je reconnais, au loin, dans les décombres, l'immense structure métallique du lit à baldaquin de mes grands-parents, avec son étonnante forme de scorpion. Dans leur dos, nous l'appelions la « sainte litière ». Sa charpente a tenu bon dans la fournaise.

Les enfants n'avaient pas le droit d'entrer dans la chambre de Pépin et Phéodora, mais il m'arrivait de m'y faufiler ; j'avais parfois de l'audace, pour impressionner les cousins. La pièce sentait l'avoine battue et le lait fertilisant. C'était, devais-je l'apprendre de Yohan, expert dans l'espionnage de ma famille, l'odeur de la douche à punaises que ma grand-mère cachait derrière un magnifique paravent olmèque – Phéodora avait une maladie de peau que seul parvenait à apaiser un jet d'insectes à haute pression. Je me souviens que les murs de la chambre étaient couverts de petites photos sous verre de membres de la famille, souvent laides, souvent passées ; que s'accumulaient sur les étagères des sculptures d'animaux (pour la plupart, des oiseaux et des renards) ; que sur des tables basses, d'innombrables tasses, pots, timbales et assiettes peintes prenaient la poussière. Et surtout, bien rangés dans une petite bibliothèque d'ivoire, on trouvait d'obscurs livres horrifiques dont je me demandais comment ils avaient atterri là. Je me rappelle encore certains d'entre eux, avec leurs terrifiantes couvertures illustrées – *Douche de viscères en Alabama*, *À l'ombre des nonnes écartelées* ou, le plus dégoûtant de tous, *J'ai reconnu ma sœur dans un plat de tripes au vin*. Aujourd'hui, je suis convaincu que ces ouvrages étaient des blagues de mon grand-père ; il devait savoir que les enfants aimaient fouiller en douce dans la chambre royale et riait probablement en imaginant les têtes que nous faisions en tombant sur ces bouquins étranges, qu'il avait dû fabriquer lui-même. Grand-Père était un farceur.

Un pigeon verdâtre survole le brasier. Indifférent au drame, il n'a probablement qu'une chose en tête : retrouver son nid, qu'il avait installé dans les gouttières. Où est passée la grande maison ? Affolé, il file à droite, vire à gauche, tournoie, tournicote, sans se rendre compte que ses œufs, ses précieux œufs, ont grillé dans la fournaise. Ce n'est pas quelque chose qu'il peut comprendre ; il va chercher, s'épuiser, vaciller, repartir, chercher encore, pendant des heures, pendant des jours, car il n'y a pas moyen qu'il fasse autrement. S'élever dans les airs, planer à ras de terre, puiser dans ses réserves, trouver un second souffle, un troisième, surmonter les premières crampes, et puis céder à la panique, gaspiller ses dernières forces, agiter ses ailes en vain, par devoir, par nécessité, puis tomber, rebondir sur le sol et mourir du choc ou d'un arrêt du cœur. Victime collatérale de l'incendie.

Les terres du domaine des Douves (« la Douvière », comme on l'appelait souvent) sont truffées de constructions – l'immense pigeonnier, la ferme, la chapelle, le châtelet d'automne, le grenier à grain, les granges, les dépendances, le silo à cresson, les trois donjons, la tour de repli, le manoir nain, la cabane à épices, les fortifications… Mais de toutes les bâtisses de la propriété, la maison-maître était la plus belle. Sa façade en marbre alvéolé luisait d'un bel éclat rosé ; sa toiture helvétique en tuiles brunes de

Soissons faisait la fierté de Papy Pépin ; son escalier central, en hélice, était un miracle de légèreté ; ses deux tours latérales étaient ornées de superbes gargouilles poitevines prêtes à mordre ; ses balcons andalous semblaient flotter dans les airs. C'était un ensemble baroque, incongru, mais heureux, composé d'autant d'esthétiques architecturales que la tunique d'Arlequin compte de couleurs et y trouvant un étrange équilibre. Ce fourmillement stylistique est lié au fait que la construction de l'édifice s'est étendue sur huit siècles et a subi les influences successives des pouvoirs du moment. Des structures raffinées de Rincet le Preux aux créneaux massifs des peuples orbades, en passant par les gravures gothiques de François Redinguet, la maison-maître est à elle seule une illustration parfaite de l'histoire du pays, un millefeuille d'époques et de manières.

Avant d'être réduit en cendres, le bâtiment comptait, entre autres merveilles, une demi-douzaine de grandes chambres aérées, ainsi que de nombreuses salles d'eau bien équipées, plusieurs bibliothèques, deux salles de bal, une galerie d'art, des ateliers de travail, un entrelacs complexe de vestibules et de corridors, un salon à opium, le boudoir aux sacrifices, une immense cuisine, des couloirs en verrière, quelques antichambres idéales pour pécher, l'armurerie, la légendaire salle aux ours et un réseau complexe d'escaliers et de trappes. Pour les plus curieux, les plans sont consultables aux archives de l'université de Mont-Fabien, où l'on trouve également une documentation exhaustive consacrée au mobilier, aux porcelaines et aux tableaux de la maison-maître. De toutes ces splendeurs, il ne reste plus qu'un colossal gâchis fumant. Le grand incendie d'octobre 1987, qui eut lieu juste après le procès des trois capitaines et qui précipita la séparation des siamois Lecarmet, n'avait pas été aussi ravageur.

Mon passé s'étend devant moi, dévasté, calciné. Une bouillie noire, brûlante, inutilisable. C'en est fait des souvenirs ; je ne trouverai pas de reliques. Il n'y aura rien à récupérer de cette zone morte. Des nuées de cendres flottent dans l'air, balayées par un vent joyeux. C'est un charnier d'enfance. Je profite un peu de la petite douleur qui m'étreint. Je m'y attarde quelques instants. Il est des tristesses douillettes, dans lesquelles on voudrait se blottir et sangloter doucement. Dans le silence, j'en savoure la douceur. Ma gorge se serre un peu. J'ai envie de cela, d'un chagrin bref, peut-être de quelques larmes. Je ferme les yeux pour repenser aux années disparues. Aux soirées de banquet, aux acacias phosphorescents du petit jardin basque et aux mille tatouages du cousin Piotr. À la voix méchante de Phéodora. J'essaie de me rappeler le visage de ma mère. Son petit nez pointu, ses longs cheveux noirs, ses yeux ahuris de douleur, ses mains noueuses, crispées en permanence, et son mutisme, impossible à percer. Elle avait une odeur de noisette. Je me souviens lui avoir dit un jour, en rougissant, que je la trouvais belle – je devais avoir quatre ans. Bien sûr, elle n'a pas réagi. Elle regardait à travers moi, sans me voir, l'œil cristallin et strié d'éclairs, la mâchoire serrée, toute pleine d'une rage indéchiffrable. Elle ne pouvait pas accéder à moi. Même lorsque la polio a manqué de m'emporter, elle n'a pas eu un geste d'amour. Elle flottait dans ses mondes, inaccessible.

Une voiture entre dans la propriété. C'est une petite Renault bleue, très sale, qui bringuebale sur l'allée centrale et grince à chaque cahotement. Son pot d'échappement crache une fumée noire. La vieille voiture est escortée par deux immenses cerfs blancs qui – je l'apprendrai plus tard – suivent constamment l'homme long et maigre d'une cinquantaine d'années qui sort de la Renault en se déroulant comme un phasme. Lorsqu'il claque la portière, les cerfs se mettent en retrait, à une cinquantaine de mètres du véhicule. J'ai le sentiment désagréable qu'ils me fixent. L'homme se dirige vers moi. Une cigarette brune se consume dans sa grande main jaunâtre. Ce doit être l'inspecteur Mehouad, avec qui j'ai rendez-vous ce matin. Il a l'air sinistre. Ses cheveux noirs, bouclés et graisseux, rebondissent sur son grand front hâlé lorsqu'il me tend la main.

— Vous êtes Clovis Cardinaud ? dit-il. Merci d'être venu aussi vite.

Alors que je lui fais part de la consternation qui a été la mienne lorsqu'il m'a appris le drame, l'inspecteur reste silencieux. Il est absorbé dans la contemplation du chêne ancestral qui mange le ciel, à une cinquantaine de pieds de la maison-maître. C'est le plus vieil arbre du département. Selon un expert, il vit depuis sept cent sept ans. Son tronc est massif, troué par endroits, et ses branches tordues, noueuses comme de vieilles mains, semblent chercher à s'agripper au ciel. On y a crucifié des dizaines de paysans royalistes pendant la Grande Terreur. Le sang a tant gorgé ses racines que sa sève, aujourd'hui encore, contient des traces d'hémoglobine – nous l'avons fait analyser. Quelque chose d'humain coule en lui. Enfant, je l'appelais l'arbre à sang et, solennel, j'y clouais mes peluches récalcitrantes.

— Et ma grand-mère ? Elle est encore ici ? Ou est-ce que vous avez emmené le corps à la morgue ?

Mehouad ne m'écoute pas. Il s'approche de la zone calcinée, comme hypnotisé. Il y a quelque chose de fascinant dans ce champ de ruines noires. Après avoir pendant de longues minutes scruté le brasier, l'inspecteur dit d'une voix douce et triste :

— Ces cendres et ces braises, elles ont l'air vivantes, vous ne trouvez pas ? C'est comme si elles digéraient. On a l'impression qu'elles s'apprêtent à dormir. Qu'elles sont rassasiées. On dirait de la brutalité au repos.

Mehouad retombe dans ses pensées. S'approchant à nouveau de la colline carbonisée qu'est devenue la maison-maître, il donne un petit coup de pied dans ce qui devait être jadis un fauteuil Henri IX et qui ressemble désormais à un gros bout de charbon. Je remarque alors que l'un de ses yeux – le gauche – est mort ; il est d'une teinte bleutée, pâle et morbide. Derrière nous, l'un des grands cerfs blancs broute doucement une touffe d'herbe rouge.

— Je suis navré. Pour votre grand-mère.

— Merci. Je ne la voyais plus depuis longtemps. On n'a jamais été très proches, elle et moi.

Un faucon noir piaule au loin, du côté des marais.

— Est-ce qu'on sait si l'incendie est criminel ? Ou alors est-ce un accident ? Peut-être le feu s'est-il déclenché dans la salle aux bougeoirs…

En réalité, je suis persuadé que Phéodora a mis le feu à la maison. Ce bûcher, c'est son bouquet final.

— Je ne peux pas vous dire, l'enquête est en cours, dit Mehouad en haussant les épaules. Quant au corps, il est au laboratoire de Loumier. C'est la procédure. Vous viendrez demain à la morgue pour l'identification. Est-ce que nous pouvons faire le tour du bâtiment ? J'aimerais revoir les différents accès.

Alors que nous nous dirigeons vers le petit verger situé sur le flanc gauche de la maison-maître, avec les deux cerfs sur nos talons, Mehouad s'arrête un instant pour contempler le cadavre d'un héron à double bec qui pourrit sur l'un des hamacs dentelés de la petite terrasse. D'innombrables fourmis jaunes longues comme de petits doigts taillent la bête en pièces en poussant d'étranges petits grognements. L'inspecteur frissonne. Il embrasse une petite bague dorée qu'il porte à la main gauche en murmurant quelques mots en arabe.

— Je connais le prix de la violence, dit-il soudain. Mon grand-père a été exécuté en Algérie française, à Melouza, le 1er juin 1957. On est venu le chercher chez lui. Ali, son ami Ali, lui a demandé de le suivre, fusil à la main. Mon grand-père a posé ses mots croisés en haussant les épaules et l'a suivi jusqu'à la place du village. Tous les mâles avaient été regroupés là par les soldats du FLN, qui ne supportaient pas le ralliement de la population au groupe rival, le Mouvement national algérien. Plus de trois cents hommes furent massacrés. Ce jour-là, mon père, qui avait neuf ans, a vu mourir le sien. Tué par un ami sous un soleil de plomb. Le FLN a ensuite tenté de faire passer le carnage pour un crime de l'armée française. Mon père a quitté Melouza l'estomac tordu de colère. Il n'a plus jamais ri. Sa mère l'a emmené en métropole, avant l'indépendance. En partant, elle a craché, craché sur le sable de sa terre natale. Et à l'endroit exact où son crachat a atteint le sol se trouve aujourd'hui une immense rose noire sur les épines de laquelle s'empalent les mésanges. Je sais, monsieur Cardinaud, ce dont sont capables les gens.

Mehouad m'adresse un sourire fatigué, émiette son mégot et l'enfourne dans sa poche. Je me demande ce qu'il se passe derrière son œil mort ; quel genre de pensées y naît. Ça serait beau à peindre, un œil pareil ; cette absence bleue. Une petite toile, une aquarelle, peut-être au pinceau-palme, quelque chose de profond et de fragile. Une sorte d'énigme, à la

Vermeer. Certaines étrangetés méritent une représentation.

En conduisant l'inspecteur vers l'arrière de la maison, je lui fais longer la Friche. Les cerfs nous suivent en trottant, l'air hautain. Nous empruntons un minuscule sentier qui baigne dans des odeurs de violette, de noix et de champignon. Dans cette petite zone désordonnée, hirsute, couverte de mauvaises herbes et gagnée par les sables, Rodrigue avait, au cours d'une partie de cache-dindon, découvert un aileron rouillé émergeant du sol, comme une nageoire caudale. C'était une bombe. Un énorme obus de la Première Guerre mondiale, pouvant exploser à tout instant et raser le domaine. L'extraire aurait été trop risqué et il a fallu vivre avec la menace. Je demande à Mehouad de marcher sur la pointe des pieds pour éviter toute vibration et ne pas déclencher le mécanisme de destruction – peut-être fonctionne-t-il encore. Il obtempère en maugréant et les cerfs, eux aussi, adoptent un pas léger. Lorsque nous étions enfants, Yohan, pour me terroriser, s'amusait à jeter de gros galets sur l'aileron de la bombe. Les cailloux rebondissaient avec un bruit métallique ; il ne se passait rien.

Tante Minh priait chaque matin pour que la bombe reste inerte. Et chaque soir, constatant l'absence d'explosion, elle concluait qu'elle avait été entendue. Peu à peu, elle s'est convaincue qu'elle avait accès à des forces invisibles et qu'elle portait la responsabilité de notre survie à tous. Mon grand-père m'a dit un jour, l'air accablé : « Son esprit a tourné. Prie donc pour elle, Clovis. » Minh s'est enfermée dans la chambre pourpre, volets fermés, pour invoquer ses puissances. Nous lui glissions sa nourriture par l'entrebâillement de la porte et changions son pot, deux fois par jour. Je collais parfois mon oreille sur la porte et j'entendais des bruits étranges – des coups, des feulements, des éboulements. Sa crise mystique dura deux ans. Un matin, radieuse, les joues roses, elle est sortie de la chambre pourpre, que nous avons dû récurer à la chaux. Triomphante, elle nous a expliqué qu'elle avait obtenu des esprits le désamorçage définitif de la bombe. En échange, elle avait renoncé à son Dieu. Nous avons fait mine de la croire, pour éviter qu'elle ne reparte dans sa tanière.

Comme nous sortons de la Friche, je remarque que Mehouad porte une arme à la ceinture – un petit pistolet argenté, qui a l'air d'un jouet. « On ne sait jamais sur qui on peut tomber », dit-il, surprenant mon regard. Il a une vraie stature. J'envie un peu son air sombre et sérieux. C'est un type solide. Face à lui, j'ai l'impression de n'être qu'un enfant, comme si je n'avais jamais vécu et n'avais fait que regarder. Mehouad, lui, a quelque chose d'un père.

Nous continuons notre tour du propriétaire. Partout, la végétation gagne du terrain. Difficile de reconnaître la géographie de mon enfance, tant la nature exulte. Le bosquet d'acacias semble avoir triplé de volume ; les pentes conduisant à la rivière sont devenues une jungle informe ; les cabanons sont mangés par une mousse roussâtre qui a l'air d'ondoyer. Qui pourrait soupçonner qu'à la place de ces chardons-lierres, il y a vingt ans, poussaient des roses d'Égypte ? Que des soirées dansantes étaient organisées dans cette petite clairière qui, aujourd'hui, grouille de pucerons gros comme des molaires ? Une civilisation morte gît là, sous les orties et la lavande sauvage. J'ai l'impression d'être un fantôme.

Mehouad ne me pose aucune question. Ni sur la maison, ni sur le profil psychologique de ma grand-mère ou sur ses ennemis éventuels. Il ne me demande pas qui avait intérêt à faire flamber le domaine. J'en suis presque déçu. Je lui explique quand même que Phéodora vivait seule ici depuis la mort de Papy Pépin et l'exode des cousins. Qu'elle ne voulait de personne et qu'elle serait morte écorchée vive plutôt que de demander de l'aide. L'inspecteur reste silencieux, mais je crois l'entendre penser : « Tu n'as pas pris soin de ta grand-mère, Clovis. Tu l'as abandonnée et l'as laissée mourir. Tu portes maintenant le poids de sa mort. »

Alors que nous dépassons la grande tourelle, dont la toiture en bois de cerne a éclaté dans l'incendie, Mehouad se fige. Il me montre une silhouette qui, sur la berge de la rivière, escalade les saules bleus. Une ombre minuscule. Est-ce un enfant ? « Restez là », me dit l'inspecteur, impératif, alors qu'un reflet doré glisse sur son œil mort. « Il y a eu des violences hier, à la ferme aux Neuf Loups. Des actes horribles. On cherche des fuyards. Je dois aller vérifier. » Encadré par les deux cerfs blancs, il s'engouffre dans l'ombre des arbres duveteux qui ont envahi les pentes. Une minute plus tard, la silhouette se fige. Sans doute a-t-elle repéré Mehouad. Elle reste un instant immobile, puis s'enfuit. Elle saute de branche en branche avec une agilité stupéfiante, presque inquiétante – sa souplesse a quelque chose d'inhumain. Elle file de liane en tronc, glisse de pin en cèdre, avant de disparaître dans la forêt de roseaux géants. Quelques feuillages s'agitent encore, puis plus rien. Je ne parviens pas à voir Mehouad, qui se tient probablement derrière les énormes buissons de feuilles d'ange. Je l'attends, nerveux. Sans y penser, je piétine les tentacules d'une tulipe furtive, qui pousse un petit cri aigu, tente de s'enfuir, puis explose en laissant jaillir un épais liquide jaunâtre. Elle est malingre, chétive ; lorsque j'étais enfant, du temps de la splendeur de la propriété, les fleurs glissantes qui rampaient dans les douves étaient énormes – certaines atteignaient près d'un mètre de circonférence. Un été, l'une d'entre elles s'était jetée sur le berger allemand du voisin et l'avait éventré, avant de traîner son corps sur plusieurs kilomètres et de le déposer, puant, à mes pieds. C'était la première fois que je contemplais un cadavre ; ce jour-là, j'ai découvert la vérité des choses.

Au bout d'une quinzaine de minutes, Mehouad et ses cerfs n'étant toujours pas revenus, je décide de risquer une approche. Je traverse le jardin anglais, longe le court de tennis et le gibet, contourne la remise, sur le toit de laquelle le cadavre d'un coq est couvert d'épais champignons dansants, puis, après avoir dévalé les pentes par le sud, je m'approche des eaux lourdes de la rivière. L'air sent la résine et la craie humide. Derrière le palétuvier rouge, le long des buissons d'acacias, le policier se tient planté, les bras ballants, devant l'antique puits de pierre. La Gorge. Comment ai-je pu l'oublier ? La vieille Gorge d'abandon. J'ai laissé Mehouad sauter dans le néant. Je peux presque visualiser la scène : il s'approche de la rive, à l'affût, cramponné à son pistolet ; entre les touffes de fougères, il remarque le puits et, d'instinct, y jette un coup d'œil. Alors, comme il plonge son regard dans les ténèbres, les contours du monde se mettent à vibrer, puis à se tordre. Le temps cesse de couler et la réalité se désagrège. Il disparaît en lui.

La Gorge vous fait cet effet-là. Un simple regard dans le gouffre vous envoie dans une sorte de salle d'attente, comme une annexe de vous-même. Nous y sommes tous tombés, les uns et les autres, quand nous étions gamins. Généralement, les absences duraient quelques heures, parfois plusieurs jours, mais mon cousin Vassili, après avoir scruté le trou un peu trop longtemps, a passé deux ans dans ce cocon comateux, dont il devait ressurgir un beau jour, groggy, sans souvenirs, mais avec une pointe d'accent gascon et une barbe foisonnante.

Personne n'a jamais compris l'origine du phénomène. Des scientifiques sont venus, puis la police et même l'armée, mais, comme nous, tous les officiels qui s'y sont frottés ont plongé dans l'hébétude. Ça ne faisait pas sérieux, tous ces gradés lymphatiques ; ce n'était pas bon pour l'image des institutions. Ils ont fini par laisser tomber. À ce jour, on ne sait pas ce que contient la Gorge. Mais le vieil Amédée racontait à qui voulait l'entendre, l'œil brillant et la voix exaltée, qu'il y avait au fond du puits une fleur sublime, d'une beauté si intense que l'esprit ne pouvait pas le supporter.

Je ramasse le pistolet argenté de Mehouad et le glisse dans la poche de mon jean. Lorsque je m'approche du policier, les cerfs, qui se tiennent derrière les branches du genévrier, me lancent des regards méfiants. Je ralentis mes gestes pour ne pas les effrayer, puis me place derrière lui et fais basculer son corps contre moi. Je le cramponne par les aisselles, avant de le traîner à reculons jusqu'à la maison, en remontant les pentes. Il pèse des tonnes et je peine dans la boue. Plusieurs fois, je trébuche, sous les moqueries des merles gluants qui font ployer les branches des érables. La sueur me pique les yeux et j'ai le souffle court. J'ai l'impression de revivre la fois où, à quinze ans, j'ai porté de la même façon, dans la même position, le corps rachitique de ma mère, qui, flottant dans sa chemise de nuit blanche, s'était enfuie de sa chambre pour s'abandonner aux mirages nébuleux de la Gorge, quelques semaines avant qu'on la repêche, glacée, au fond des douves.

De retour devant le squelette carbonisé de la maison-maître, j'étends l'inspecteur dans un transat poussiéreux, sur la terrasse de pierre ponce. Les cerfs s'installent à une vingtaine de mètres de là, chassant de la tête les mouches pleureuses qui s'agglutinent sur leurs bois en poussant de petits soupirs plaintifs. Mehouad a les yeux gonflés ; son œil valide est brumeux, hébété. Il est loin. Je ne sais pas bien quoi faire de lui. Je devrais peut-être appeler la police, mais j'aimerais lui laisser une chance de quitter la non-zone dans laquelle il erre : si ses collègues le voient ainsi recroquevillé sur son transat, apathique et baveux, ils risquent de se moquer de lui pendant une décennie.

Je laisse donc l'inspecteur flotter dans ses labyrinthes et continue ma promenade dans le passé. Le potager de tante Clara est envahi de cotonniers si féconds qu'on croirait un énorme nuage échoué. Derrière, je reconnais la cabane de rondins, mais elle a tant poussé qu'elle est devenue une cabane de troncs. D'immenses épis de maïs, hauts de plusieurs mètres, ont envahi la grange d'hiver. Seule, Phéodora n'a pas pu faire face à la voracité de la végétation du domaine, qui, en raison de ce que Papy Pépin appelait la « pile naturelle » et qui était en fait un gigantesque champ de nickel enfoui à cent mètres sous terre, est d'une fertilité presque surnaturelle.

Je traîne un peu sur la grande pelouse, dont l'herbe grasse et généreuse roule sous mes pieds. Je me demande si Phéodora a mis le feu à la maison-maître ; peut-être s'est-elle jetée dans le bûcher pour disparaître avec ces vieux murs. Il lui fallait une fin d'enfer, grandiose et furieuse. Le nez en l'air, je regarde les branches lourdes du grand épicéa. Ne prêtant pas attention aux voies ferrées rouillées qui scindent la pelouse principale en deux parties égales, je m'y prends les pieds, trébuche et m'étale dans l'herbe de tout mon long. Ces rails sont une vieille cicatrice, le dernier vestige d'une catastrophe. Elles datent de la Grande Discorde – cette période funeste avait conduit à la désagrégation de notre famille et à l'exil de mon grand-oncle Rodrigue, qui termina son existence reclus dans la grotte aux Salamandres.

La Grande Discorde. La furie de Papy Pépin. Tout cela est si loin. Le passé se ranime.

Je reste étendu dans les herbes molles, les yeux dans les nuages. Bercé par le vent de pierre qui agite gentiment les merisiers bleus, je laisse venir les souvenirs. J'ai l'impression de les sentir qui montent de la terre, qui s'enroulent autour de mes jambes, me caressent le ventre et entrent dans ma bouche. Ils étaient là, qui m'attendaient. Mes souvenirs d'enfance.

CHAPITRE II

Phéodora, ma grand-mère, était une femme mutique. Engoncée dans son foulard, elle se taisait obstinément et n'avait jamais un geste tendre. Ses petits yeux d'anguille étaient durs, secs et volontaires. À pas pressés, elle traversait les brumes matinales en maugréant, les doigts glacés, se donnant des airs de vieille paysanne. On disait qu'elle avait été une figure mondaine de la France pompidolienne et même meneuse de revues pendant la guerre de Suisse, mais je ne pouvais imaginer d'elle autre chose que cette silhouette trapue et menaçante. Cette ombre morne, ennuyeuse, que je n'avais jamais vue sourire et qui ne parlait qu'en aboyant. « C'est une vieille bique », disaient les gens du village. J'ignore ce qui avait saccagé le visage joyeux et presque beau qui riait sur les vieilles photos du salon.

Chaque matin, elle allait traire les tiques géantes dont les chairs tremblaient comme des montagnes de gelée. C'était le moment le plus heureux de sa journée. Les quarante bêtes du troupeau se traînaient sur la partie haute du domaine des Douves, dans la zone marécageuse ; les plus imposantes atteignaient six mètres de haut. Les citadins payaient à prix d'or le lait de tique, qui avait de puissants effets psychotropes et assurait la prospérité du domaine. Phéodora était la seule à pouvoir s'approcher des bêtes sans protection. Elle avait su les apprivoiser et développait pour ses « princesses laitières » une tendresse infinie.

Un soir de Noël où il s'est échappé de sa cage, Yohan s'est amusé à mettre le feu à une petite tique née quelques heures plus tôt. Dans d'affreux crépitements, la bête a brûlé vive en poussant des hurlements déchirants, presque humains, sous les mugissements terrifiés de sa mère et les ricanements de l'adolescent. Alertés par le vacarme, nous avons accouru dans nos pyjamas de lin ; en frissonnant, nous avons assisté à la scène infernale. Les flammes dansaient dans la nuit et il se dégageait du brasier une odeur âcre et écœurante. Tout cela était terriblement triste. Phéodora, le visage fermé, n'a pas soufflé un mot.

Les semaines ont passé, et ce qui suit est mon hypothèse. Une nuit de février, Grand-Mère s'est levée doucement de son lit et s'est introduite sans bruit au rez-de-chaussée de la maison des Rouar, qu'elle a copieusement arrosée d'essence. Après avoir verrouillé la porte et coincé les volets, elle a mis le feu au bâtiment sans sourciller. Yohan, souple et rapide, a su s'échapper par les persiennes, mais ses parents et son frère se sont trouvés pris dans les flammes, au deuxième étage. Le petit Pierrot, qui aurait six mois pour toujours, a flambé comme une torche dans sa chancelière ; sa mère a perdu connaissance tandis que ses globes oculaires explosaient sous la chaleur ; le père est parvenu à sauter du balcon, mais s'est rompu les deux jambes – la gauche lui fut amputée sur-le-champ. Il devait se tuer le mois suivant d'une balle dans la tête.

Phéodora n'a jamais été confondue, mais nous étions certains qu'elle était à l'origine de l'épisode, que l'on appellerait désormais la Nuit des Trois Chandelles et qui précipiterait définitivement Yohan dans la démence. Je ne sais pas si elle a vraiment voulu tuer. Je l'ai entendue grommeler un jour, alors qu'elle tondait les porcs, une vieille phrase de Lénine : « Pour un œil, les deux yeux ; pour une dent, toute la gueule. » C'était une femme déterminée.

Je ne sais pas si je lui ressemble. Je ne le pense pas. À vrai dire, je crois ne partager à peu près aucun trait de caractère avec les membres de ma famille. J'ai toujours eu à leur égard une certaine distance. J'aimais observer ces gens, tenter de les comprendre, j'appréciais leur compagnie, mais je ne faisais pas vraiment partie du groupe. Toujours un pas derrière, j'assistais au spectacle. Tous étaient des « personnages », les uns tonitruants, farfelus ou grotesques, les autres désespérés, hargneux – stupides, même. Quant à moi, je suis une personnalité commune. Modérément terne, raisonnablement sage, d'une intelligence moyenne. Je n'élève pas la voix et ne sors pas du rang. Je n'aime pas que l'on me remarque et je fuis comme la peste les émotions extrêmes, dans la joie comme dans la peine. Phéodora était « celle qui déteste », Rodrigue « celui qui souffre », Bertille « celle qui vibre ». Je n'étais rien de spécial. Aucun signe distinctif. On ne trouvera rien de remarquable dans ma nature. Si le monde était peuplé d'hommes comme moi, il ne se passerait jamais rien.

Ma famille, elle, se savait douée pour le drame et, afin de tenir sa réputation tapageuse et troublée, alimentait savamment ses conflits. Toujours avide d'une guerre nouvelle, elle était, à intervalles réguliers, traversée par des poussées de rage que rien ne pouvait contenir et qui, plusieurs fois, faillirent conduire à sa dislocation. Il en fut ainsi de la Grande Discorde, à laquelle j'ai eu le privilège d'assister et qui, dit-on, a été pour les Portemer la crise la plus grave depuis la tristement célèbre Semaine de la Dévoration, au début du XXe siècle, qui, on s'en souvient, s'était achevée par le meurtre des enfants des greniers, puis par une joyeuse réconciliation autour d'une table garnie de fromages anciens.

L'engrenage qui a abouti à la Grande Discorde s'est mis en branle lorsque le comte Léon de Moureville, propriétaire moustachu d'une longue parcelle de terre qui jouxtait la propriété et privait le domaine des Douves d'un accès à la grand-route, a débarqué, ivre et plein d'une joie mauvaise, au beau milieu d'une réception d'anthologie. Les fêtes de la Douvière étaient réputées dans tout le canton de Lornache, jusqu'à la vallée de Mocq-Leguille. On y venait de Chassaigne, du plateau de Bar-en-Mureille et des bois du Serneuil ; il arrivait même que des habitants du Haut-Rouvier fissent le déplacement, traversant Sainte-Potence et le marais de Caulou, avant de franchir la butte des Omelondes par le col Mérignan.

Il faut dire que mon grand-père, Pépin Portemer, qu'on appelait Papy Pépin, voyait les choses en grand. C'était toute une histoire. À l'approche des soirées, il faisait tailler les haies, laver les écuries et sonder les canaux, car il arrivait que des cadavres de paysans viennent y pourrir, portés par les courants. Choisir sa tenue lui prenait des semaines. Le jour venu, on installait sur les pelouses des décorations *arty* et des lampadaires chinois, ainsi que d'interminables tables couvertes de plats raffinés (murène meringuée aux sept épices, joues d'oursin en persillade, rat d'étang rôti, il y en avait pour tous les goûts). On tempérait l'atmosphère, afin que la tiédeur des jardins fût idéale, et on activait le prolongateur de crépuscule. C'était superbe. Le temps d'une nuit, les invités laissaient leurs soucis de côté, oubliaient le chômage du cousin, le cancer du petit, la famine qui menaçait et ces clans de myopathes qui rôdaient le long des routes. Ils profitaient en riant des mises en scène de Pépin. Excité comme un gamin, celui-ci bricolait, sous l'œil méfiant de Phéodora, toutes sortes d'animations déglinguées qui réjouissaient ses hôtes – on se souvient encore, dans les villages, du feu d'artifice inversé, de la fosse aux varans rouges ou du manège aux neuf vierges. Ces soirées coûtaient des fortunes, mais à l'époque, l'argent n'était pas un problème.

En général, tout commençait par un cocktail élégant, vaguement snob. On trinquait en bavardant. Mais l'ambiance un peu guindée cédait rapidement la place à un climat électrique, et très vite la fête devenait assourdissante. Les orchestres de la région se succédaient sur l'estrade de souches noires installée devant la tourelle ouest et les invités, déchaînés, dansaient la moutonnade ou le presse-pignole. On buvait à s'en assommer des litres de pinot vert, de vin au camphre et de liqueur de sauge. Les clameurs résonnaient jusque dans les sous-bois. Lorsque la nuit montait de la terre pour envelopper le domaine de brumes et de mystères, à la lueur des flambeaux, il n'était pas rare que la fête prît des allures de sabbat. Enivrés par les effluves de chanvre et d'encens, certains convives étaient traversés de visions ; secoués de tremblements, ils proclamaient très sérieusement leur accession à « la vérité nue ». Un été, on a retrouvé dans la Friche des costumes de chanoine et des ossements de bouc. Une autre fois, un vieux loup a été crucifié sur les poutres brunes du pigeonnier. Je me suis toujours demandé comment les coupables avaient fait pour se procurer un loup – j'ai mené mon enquête, ça n'est pas si facile.

Petit garçon, j'ai souvent assisté aux réceptions de la Douvière. Les enfants y étaient tolérés, mais nous savions que nous étions des intrus, des passagers intermittents qui seraient exfiltrés dès que la fête deviendrait obscène et dangereuse – c'est-à-dire : intéressante. En général, après nous être moqués des élégances de nos parents, après avoir, dans une ronde frénétique, cavalé, braillé et ri jusqu'à l'épuisement au fond des entrailles humides des galeries de craie noire, nous dévalions les émotions une à une, de la surexcitation jusqu'à l'ennui le plus profond. Les heures passaient, impitoyables ; la jubilation foutait le camp. On finissait toujours par s'agacer, par se disputer, puis par sangloter d'énervement, avant d'échouer dans les granges où nous nous entassions, moroses et nauséeux, gavés de confiseries, mâchonnant des crêtes de coq en constatant avec dépit que nous étions incapables de faire durer la joie. Le plaisir se désagrégeait et nous n'y pouvions rien.

Léon de Moureville surgit donc dans la propriété comme un boulet de canon. Il avait l'œil méchant, puait l'alcool et ne tenait pas en place. Son chapeau de chasse était de travers et sa chemise lie-de-vin sortait de son pantalon. Il ne prit même pas le temps d'avaler un petit-glaise : il était sur les traces de Papy Pépin. Celui-ci dégustait un cigare sarthois à côté de l'imposante statue de bronze vif qui représentait Julius Portemer, son ancêtre, le prestigieux fondateur du domaine et du village de Saint-Loup, dont le corps embaumé trônait dans la petite chapelle. Sous cette ombre illustre, Papy rêvassait. Il faisait bon. Là-haut, dans le silence, contre un soleil agonisant, les nuages se déchiraient dans un incendie de couleurs. Tout était à sa place. Grand-Père savourait le succès de la soirée ; on s'en souviendrait longtemps – la tornade apprivoisée avait fait un tabac et tout le monde s'était pâmé devant la patinoire verticale. Il souriait comme un enfant, minuscule sous la toile rosée du ciel.

Papy Pépin était un beau vieillard aux yeux bleu turquoise, presque violets, dont les cheveux insoumis virevoltaient à leur guise et dont la veste était toujours couverte de taches. Tout le monde l'adorait. Il s'agitait en permanence et avait toujours l'air dépassé, comme s'il faisait quatorze choses à la fois. Ses belles mains, maigres et d'un blanc laiteux, étaient encore adroites et il nous fabriquait en sifflotant toutes sortes de jouets farfelus qui nous laissaient béats. Papy était un grand échalas, tête en l'air, nez au vent, plein d'imagination, dont il émanait une indescriptible tristesse, comme s'il avait passé sa vie à attendre quelque chose qui n'était pas arrivé. Il avait souvent l'air d'être le seul à habiter son monde ; on aurait un peu dit un clown à la retraite. Phéodora et lui formaient un couple mal assorti, mais il était impossible de les imaginer l'un sans l'autre ; de vieux liens les tenaient, comme deux chênes dont les racines avaient fini par s'emmêler. Ces deux-là étaient scellés.

Papy Pépin sursauta lorsque Léon de Moureville, hors d'haleine et rouge vif, abattit sa main sur son épaule. Sans attendre d'avoir repris son souffle, Moureville tira de sa veste en tweed un petit rouleau de papier jauni, fin comme une flûte, qu'il brandit à la manière d'un cosaque agitant son sabre. Triomphant, il lança : « C'est fini, Portemer ! On a retrouvé les titres ! C'est officiel, maintenant : les prés cendrés appartiennent à *ma* famille. » Il plaqua sous le nez de Papy des titres de propriété datant du XVIIIe siècle, qui soldaient une querelle de vingt ans. Mon grand-père les parcourut, l'œil vide. Il fut si bouleversé qu'il lui fallut s'asseoir. La main tremblante, il dut se rendre à l'évidence : c'était la débâcle. Il allait falloir se séparer d'une partie considérable du domaine, celle qui concentrait l'essentiel des richesses de la Douvière – la plantation de cheveux et le bébé volcan. Papy était blanc comme un linge ; on allait l'amputer de terres gagnées de haute lutte par ses ancêtres. Julius l'Ancien les avait conquises lui-même, pistolet au poing. Capitulation, soumission, annexion, voilà ce qui attendait les Portemer. Papy Pépin découvrait la honte, qui lui tordait le ventre. Moureville le scrutait avec avidité, savourant l'effondrement de son vieux rival.

C'était le seul ennemi de Grand-Père, mais un ennemi absolu, éternel, dont la seule vue le tirait de ses rêveries et le rendait complètement cinglé. Dès qu'ils se croisaient, les vieux châtelains devenaient des enragés, de vrais sauvages. Ils s'insultaient, se menaçaient. Deux forcenés prêts à s'entretuer. Les historiens qui planchent sur notre lignée à l'université de Mont-Fabien ne se sont jamais mis d'accord sur l'origine de cette haine aveugle. Les archives sont évasives et très difficiles à interpréter. Meunier, le doyen de l'université, avait pour projet de diriger un module intitulé « Reconfiguration du politique dans le conflit Moureville/Portemer des Années de Sable jusqu'à nos jours – Une généalogie du dégoût », mais il dut y renoncer suite à son décès – il est mort graisseux, seul comme un carme et shooté aux antibiotiques sur une table de massage de Silésie du Nord, emportant avec lui certains des plus sombres secrets du domaine des Douves, notamment au sujet du contenu véritable de la tombe de Papy.

Toutes les histoires du domaine, les légendes dorées et les ragots honteux, les périls et les gloires, c'est Rodrigue, le frère de Papy Pépin, qui me les a racontés. Il me prenait sur ses genoux devant la fontaine à magma et, pendant des soirées entières, me décrivait avec ferveur le passé de notre famille et les affres du domaine. Il m'a tout dit de la jeunesse anarchiste de Papy, de la guerre de Succession à la mort de leur mère, des conséquences funestes de l'année sans hiver, des tractations de Phéodora lorsqu'elle briguait la mairie de Saint-Loup, des vols de rhubarbe et des révoltes paysannes réprimées dans le sang. Je n'aurais rien su de ma famille s'il ne me l'avait racontée, de sa voix émue, qui, souvent, se brisait dans un éclat de rire ou un demi-sanglot. J'adorais ces plongées dans l'histoire. Sans lui, je n'aurais eu que le présent. J'aurais été bien pauvre. Il a donné au monde que j'habitais une profondeur de temps. Le mélèze impérial n'était plus pour moi un arbre parmi tant d'autres ; c'était celui auquel Pépin s'est enchaîné pour forcer le conseil familial à lui accorder le droit d'épouser Phéodora. Je ne pouvais plus contempler les neiges éternelles du mont Dodu sans penser aux mythiques soldats orbades statufiés dans les glaces. Avec ses récits, Rodrigue a rempli les paysages. Il a peuplé le monde. Grâce à lui, je ne fus plus jamais seul. Dans les bosquets, au fond des forêts, dans les crevasses, sous les cascades, il y avait toujours une histoire qui m'accompagnait. Chaque chose que je voyais me renvoyait à un mythe, à un personnage, à une catastrophe. J'avais gagné une dimension – le temps. C'est le plus beau cadeau que l'on m'ait fait. Bêtement, je n'ai jamais pensé à remercier Rodrigue. Une nuit, il m'a raconté pendant des heures, dans les moindres détails, les rivalités entre Papy et Léon de Moureville. Il m'a expliqué à quel point la perte des prés cendrés avait accablé Grand-Père et humilié la famille. Même à l'issue de la Grande Discorde, les Portemer n'ont jamais retrouvé leur fierté d'antan. Quelque chose était rompu, qui ne se pouvait reconstruire.

Dans les semaines qui suivirent son triomphe et la récupération de la parcelle convoitée, le comte de Moureville agit vite et frappa fort. Il déploya ses troupes de juristes, de notaires, d'architectes, d'ingénieurs, de jardiniers, toute son armée, et fit valoir ses droits. Les Portemer furent expulsés de la parcelle en trois jours et assistèrent impuissants à l'édification d'une palissade de tôle blanche haute de près de quatre mètres marquant la séparation entre les deux territoires. Moureville comptait exploiter jusqu'à l'épuisement ce terrain, qui était le plus fertile du domaine, grâce à la qualité des roches volcaniques. Pour démultiplier les rendements, il fit injecter dans le sol des hectolitres de *grammerlishe*, une substance visqueuse hyperactive inventée en Rhénanie, dont les propriétés d'engrais étaient ahurissantes. En quelques semaines, la végétation grouillait ; les récoltes furent bibliques. De petites voies ferrées, sur lesquelles je devais trébucher des décennies plus tard, furent installées sur la parcelle pour acheminer vers la ville les tonnes de fruits, d'épices et de truffes géantes. L'arbre à viande était vendangé tous les matins, et chaque légume qui pointait était arraché et vendu dans l'heure. L'expansion était implacable.

Moureville fit fortune sans joie, avec une rationalité froide. Le développement de ses terres occupait son intelligence, son énergie et son imagination. Sa femme Hilke, minuscule Roumaine au front large et au corps de héron, voyait d'un mauvais œil son entreprise, qui le rendait lointain et irritable. Lorsqu'elle lui demandait de lever le pied, il haussait les épaules, agacé, et retournait à ses calculs et à ses plans. La fructification devenait son obsession. Ses mains, parfois, en tremblaient d'impatience. Croître et multiplier. Lorsqu'il fit sonder les sols et qu'on y découvrit des minerais précieux, il abandonna l'agriculture sans ciller. L'extraction minière serait plus rentable.

Les foreuses arrivèrent en nuées. Depuis le domaine des Douves, on entendait nuit et jour le vacarme métallique des machines qui grattaient, broyaient, déchiquetaient les sols pour en arracher la précieuse potasse qui, jusqu'alors, dormait là, indécouverte. Le forage éparpillait une poussière noire et humide, qui finit par recouvrir les fleurs, les mélèzes, les torrents ; l'air devint irrespirable et la lumière ne passait plus. Les plantes cessèrent de pousser. Il n'y avait plus d'oiseaux. Quelque chose de maléfique flottait. Moureville, harcelé par de terribles migraines, avait parfois le sentiment d'être l'outil d'un dessein qui lui échappait, le jouet d'une puissance archaïque. Il se sentait épié. Lorsqu'il s'en ouvrit à Hilke, celle-ci se contenta de plisser ses petits yeux dorés. Elle connaissait les hommes et savait dans quels abîmes pouvaient les conduire leurs idioties. Comme chaque fois que son époux s'entêtait dans une voie sans issue, elle se rendit chez la bohémienne de Saint-Louvion et se paya une prophétie. Elle ne croyait pas vraiment aux oracles, c'était le décorum qu'elle aimait – les tentures, les onguents, la solennité ; pourtant, ce que lui annonça la bohémienne lui glaça le sang.

De notre côté du domaine, tout partait à la dérive. La fête était finie. Blessé dans son orgueil par la perte de la parcelle, Pépin n'était plus que l'ombre de lui-même. Il se traînait péniblement dans les allées, maigrissait à vue d'œil et restait des heures prostré dans son fauteuil de paille, scrutant la longue palissade blanche érigée dans les plants de rhubarbe, que nous appelions désormais « la Mâchoire ». Nous tentions de le consoler, en vain. Même la chanson du Veau Velu de tante Lou ne parvenait pas à le dérider. Les heures glissaient sur lui ; il restait silencieux, les mains croisées, inerte. J'avais l'impression que les atomes qui le composaient s'évaporaient doucement dans la lumière du matin, comme s'il perdait de la consistance. Comme s'il disparaissait. Le jour où Moureville fit abattre l'arbre à viande pour forer les sols, on vit une flamme terrible s'allumer dans l'œil de Papy. Cet arbre était peut-être la plus grande fierté du domaine et, à l'époque, sa principale source de profit – la viande boisée s'exportait jusqu'en Corée. Le gigantesque tronc pourpre s'effondra dans un craquement sinistre, projetant des feuilles saignantes jusque dans le patio. Grand-Père se leva d'un bond. Tout son corps se tendit. Il poussa un cri d'impuissance, s'engouffra dans la maison-maître, gravit l'escalier triangulaire et s'enferma à double tour dans les combles. On ne devait pas le revoir avant des mois.

Fou de honte, Papy Pépin refusait tout contact avec nous. Il tolérait à peine Phéodora, qui lui glissait par la trappe des radis bouillis, du lichen fumé et un peu d'eau de suif. Il mangeait en grognant, sous la toiture, ruminant ses aigreurs dans la pénombre. L'humiliation l'avait transformé en bête de grenier. C'était un loir terrorisé, prêt à mordre. Nous entendions ses pas au-dessus de nos têtes. Des grincements et des coups. Il gémissait parfois. Lorsque nous dînions dans la salle aux ours, nous savions qu'il nous écoutait. L'ambiance était glaciale. Au cœur de la nuit, dans mon lit d'enfant, je percevais sa voix, au loin, dans les ténèbres. Dans un souffle, il s'adressait à Julius l'Ancien. Lui demandait pardon. Puis l'insultait, le maudissait. Notre Papy Pépin était en pleine dégringolade.

Un matin d'août, alors que nous partagions une orangeade en imaginant avec une gaieté feinte des stratagèmes bidon à base de pâtisserie et d'alcool de pneu pour le faire redescendre des combles, nous vîmes Hilke qui entrait par la porte sculptée. La conversation s'interrompit brutalement. On n'entendait plus que ses petits pas pressés qui s'approchaient, dans l'allée de pierre bleue. Une Moureville, chez nous ! Mon cousin Igor, qui s'était mis en tête que son destin était d'être un jour le libérateur de nos terres et de mettre à bas la famille ennemie, se redressa d'un coup et lui lança un regard noir, glacial. Hilke portait un manteau de toile brune et ses longs cheveux gris étaient enroulés en macarons. Des boucles d'oreilles fantaisie en forme de coccinelles s'agitaient à ses lobes. Rodrigue se retourna précipitamment et, sans un mot, prit congé de nous. Il se réfugia dans la bibliothèque noire, prit un livre au hasard, l'ouvrit et, sans en lire une ligne, plongea dans ses souvenirs.

Il était fou d'amour pour Hilke depuis cinquante-cinq ans ; elle ne l'avait jamais regardé. Lorsqu'ils s'étaient rencontrés pour la première fois, Rodrigue devait avoir vingt-deux ans. Pour rejoindre son frère au domaine des Douves, il était monté à Sainte-Potence à bord d'une minuscule calèche, dans laquelle se trouvait Hilke. Celle-ci avait à peine dix-neuf ans, de petites mains griffues, un beau visage sombre et rêveur. Elle le salua poliment, d'un hochement de tête, sans croiser son regard ni cesser de s'éventer. Dans la chaleur torride de cette fin février, la calèche s'engagea dans la campagne fougeronne. De grosses mouches à crête venaient troubler le silence et s'attiraient les soupirs agacés de Hilke. Rodrigue, pour l'impressionner, tentait de les écraser, mais échouait invariablement. À chaque tentative avortée, il se sentait un peu plus humilié. Il finit par renoncer.

Le voyage, à l'époque, prenait des heures. Les routes étaient pleines de trous, constamment endommagées non seulement par les geysers furtifs, mais encore par les débris des grosses machines à moteur que le professeur Violet tentait chaque jour d'envoyer en orbite, mais qui finissaient toujours par exploser. Rodrigue, sans un mot, dévorait des yeux la jolie passagère. Parfois, lorsque la roue de la calèche butait sur un caillou, leurs genoux se frôlaient. Après quelques kilomètres, ne tenant plus sous le poids du silence, il prit la parole d'une voix mal assurée :

— Madame... Mais est-ce que je dois dire madame ? Est-ce que je dois même demander s'il faut dire madame ? C'est que je ne voudrais pas paraître maladroit ou grossier... Est-ce que je devrais plutôt vous laisser la paix ou vous faire la conversation ? Peut-être que je vous embête... Dites franchement ! Vous comprenez, je ne sais pas grand-chose des bonnes manières, comme on dit, ni des convenances. J'ai sans doute vécu seul trop longtemps. Pour tout vous dire, car je sens qu'il faut être tout à fait honnête, je sors aujourd'hui même du monastère des Frères Pitié, où j'ai passé onze ans. Vous ne dites rien... Est-ce que cela vous fait peur ? Les gens, en général, sont mal à l'aise quand je leur dis que je suis resté enfermé pendant mes plus belles années pour me dédier à la prière, à l'étude et au recueillement. Ça les effraie et ils me regardent en coin, comme si j'avais étranglé quelqu'un. Mais j'avais la foi, savez-vous ! Toute la journée, je parlais avec Dieu – cela a l'air idiot, dit ainsi, mais je vous jure que c'était le cas. Je ne crois plus, maintenant. J'ai rompu tous mes vœux. C'est parti comme ça, sans raison – la foi. Imaginez : un matin, plus de Dieu, plus de souffle, plus d'extase. Le ciel était vide, et le monde tout entier avec. Il n'y avait plus qu'un grand silence. Vous n'allez pas me croire, mais aujourd'hui, je n'arrive plus à me souvenir précisément de la sensation que procure la foi. C'est insensé, n'est-ce pas ?

J'ai consacré onze ans à quelque chose que je ne parviens même pas à me rappeler… Mais je ne regrette rien, voyez-vous ! Lorsqu'on m'a placé chez les Frères Pitié, je n'avais aucun avenir – j'étais ce qu'on appelle un « enfant difficile », méchant, bagarreur. J'aurais sans doute pris un coup de couteau ou une balle de fusil si le frère Marcelin ne m'avait pas pris sous son aile. En arrivant au monastère, j'étais une boule de colère. Mais j'ai tout de suite aimé la messe. La cérémonie. Les soutanes, l'encens, les prières en latin. Et l'imagerie sanglante. Tout ça ressemblait pour moi à de la sorcellerie. Les supplices des premiers chrétiens, dévorés par les loups, mis en pièces, incendiés, la passion, les épines et les clous… J'adorais ça ! Que voulez-vous, les enfants sont gourmands d'atrocités. Je ne vous choque pas, dites-moi ? Je ne le supporterais pas… Avec le temps, je ne saurais pas dire comment, peut-être à force de répéter les mots, les gestes et les chants, la foi m'est arrivée – ou suis-je arrivé à la foi ? Je ne sais plus. M'en voilà loin, maintenant. Mais peut-être est-ce que je vous ennuie, avec mes histoires ? D'ailleurs, je ne sais pas ce qui me pousse à me livrer ainsi… Nous n'avons même pas été présentés… Pardonnez-moi. J'ai de mauvais instincts, je présume. Une mauvaise nature. De temps en temps, au monastère, un psychiatre nous rendait visite, pour vérifier que nous n'allions pas nous pendre de solitude. C'était un janséniste. Eh bien, à mon arrivée, il m'a expliqué que j'étais frappé d'une « incapacité perverse à la jonction de l'objet et du sujet ». Allez savoir ce que cela voulait dire. Il ne m'a jamais guéri de rien, croyez-moi. À l'époque, je bégayais terriblement, je bégayais à en devenir fou – il me fallait d'interminables minutes pour articuler quelques mots. C'était une souffrance insupportable. Eh bien, ce n'est pas le psychiatre qui m'a aidé, c'est frère Ali, un moine-cuisinier : il m'a offert une minuscule grenouille d'un genre spécial, qu'il m'a glissée dans la bouche, entre les molaires et l'intérieur de la joue. L'effet a été instantané : le bégaiement s'est volatilisé. C'était comme si je sortais du brouillard. Tout était plus net, plus réel. Je revivais. C'était une petite grenouille jaune, longue de deux centimètres à peine. Une *flavo interfectorem esculenta*. Je l'ai appelée Pommette et jusqu'à ce jour, je ne l'ai plus jamais sortie de ma bouche. Elle se nourrit de ma salive et des dépôts de nourriture qui traînent entre mes dents. Voulez-vous la voir ? Tenez, elle se trouve là, côté droit... La distinguez-vous, si j'ouvre grand la bouche ? Et comme ça ? Tout au fond ?... Vous regardez ailleurs... Mais bien sûr, je vous mets mal à l'aise en exposant de cette façon mon anatomie... Pardonnez-moi ! Je suis désolé ! Quel indécent, quel misérable ! Je me tais, maintenant, je me tais, mademoiselle – faut-il dire mademoiselle ? – oh, je me tais pour de bon.

Pestant contre lui-même, Rodrigue s'emmura dans le silence. À bout de souffle à l'issue de sa tirade, il était furieux de s'être couvert de ridicule devant cette jeune femme silencieuse, qui lui faisait perdre tous ses moyens. Hilke, quant à elle, avait l'esprit ailleurs et n'avait rien compris à la logorrhée du jeune homme – elle arrivait tout droit de Roumanie et, à l'époque, ne parlait pas un mot de français. Perdue dans ses pensées, elle observait la route et son nouveau pays. Cette nature généreuse, les arbustes angoras, les crabes des marais. Cette terre lui semblait prometteuse et plutôt accueillante. En tout cas, elle ferait l'affaire. Plissant ses petits yeux dorés, Hilke faisait des plans.

Elle avait décidé d'épouser le comte Léon de Moureville le jour où elle l'avait rencontré, à Timişoara. Elle vendait alors des gants dans une boutique de luxe de la rue Székely ; client dépensier, mais attentif, Léon avait l'air convenable, avec sa petite moustache blonde et ses bonnes manières. « Convenable » était bien suffisant ; Hilke, qui était d'une lucidité redoutable, savait que sa vie ne lui offrirait jamais rien de mieux que « convenable ». Elle avait engagé la conversation (son anglais était correct) et apprit qu'il était en voyage d'affaires – il travaillait dans le commerce de vins français et négociait avec les autorités locales les conditions de l'introduction en Roumanie d'une espèce rare de tamanoir se nourrissant exclusivement de pucerons des vignes. Pour plaider sa cause, Léon se pavanait en permanence avec Tambour, un petit tamanoir qu'il tenait en laisse et dont les yeux stupides et la silhouette de balai à frange firent beaucoup rire Hilke.

Sous le charme de la jeune femme, Moureville suivit ses conseils sans discuter et acheta une paire de gants très fins en cuir de taupe, qui lui donnait l'impression d'avoir des mains d'étrangleur. Au moment d'encaisser, Hilke triompha de sa timidité et, la joue rose, lui proposa en balbutiant de lui faire découvrir quelques jolis coins de la ville à la fin de son service. Moureville accepta, le cœur battant, puis ne sut plus trop quoi dire. À cet instant, Tambour lâcha dans la boutique un pet sonore, qui détendit l'atmosphère et fit rire tous les clients. À la fermeture, on vit les trois silhouettes disparaître dans la nuit roumaine. Six semaines plus tard, Hilke annonçait à son père, un gros homme brutal, qu'elle s'en allait épouser un Français ; lorsqu'il tenta de s'y opposer, elle lui perfora la main en y plantant rageusement sa broche de communiante, avant de lui dire, d'une voix glaciale, « *Suferă și mori fără un cuvânt* » (« Souffre et meurs sans parler ») et de partir en claquant la porte du studio.

En arrivant aux abords de Saint-Loup, elle repéra la maison colonisée par les hérissons dont Léon lui avait parlé ; c'était spectaculaire et un peu dégoûtant. Plusieurs milliers de bêtes rampaient sur les toits, grimpaient sur les murs, dévoraient tout ce qu'elles trouvaient sur leur chemin. Juste derrière le portail, des bestioles grouillaient sur un cadavre de poulain – Hilke frissonna. Elle ignorait que les hérissons pouvaient être carnivores. Rodrigue, avec qui elle partageait toujours la calèche, regardait maintenant le ciel, mutique, l'air accablé. Il était épais, un peu balourd, mais avait l'air gentil. Ils furent surpris de descendre au même croisement de routes ; après un salut poli, l'un partit à droite, l'autre à gauche. Rodrigue se retourna vite pour observer la fine silhouette de Hilke qui arrivait à la grand-porte du domaine des Moureville. Il aperçut le petit Tambour qui se ruait vers elle en se tortillant de bonheur. Au fil des ans, il la croisa souvent. À la foire aux gibets de Cherni, au marché de Saint-Nibel. Son bégaiement revenait aussitôt qu'il l'apercevait, malgré Pommette. Chaque fois, son souffle était un peu plus court, ses mains un peu plus moites, son regard plus fuyant. Il était tétanisé par le désir. Hilke, bien sûr, remarquait tout. Elle le trouvait touchant. Mais elle savait surtout qu'il était du clan des Portemer et que « jamais une Moureville ne frayerait avec ces rats ».

Cinquante-cinq ans après son arrivée en calèche, honteux et misérable, le vieux Rodrigue ruminait ces souvenirs en retenant ses larmes. L'irruption inattendue de Hilke dans la propriété lui avait donné la sensation qu'on lui avait planté un long clou dans le sternum. Il avait dû s'enfuir pour ne pas vomir son repas – quelques tranches de groin et une petite salade de toundra. Dans un coin sombre de la bibliothèque, il gobait fiévreusement des fèves de vodka, affalé dans le hamac en duvet de lièvre que Phéodora, selon la tradition de sa famille, avait fabriqué elle-même le jour de ses premières menstruations. Tandis que Hilke s'adressait aux Portemer au pied de la terrasse, Rodrigue ressassait sa vie gâchée – le pauvre homme avait consacré son existence à adorer une chimère. Il s'était fait l'esclave d'une femme indifférente qui ne lui avait rien demandé et il se méprisait pour ça. Il avait l'alcool triste et s'apitoyait sur son sort sous une petite statue d'étain représentant Amphétine Portemer, l'austère épouse de Julius l'Ancien, qui le toisait d'un air réprobateur. Se laisser aller ainsi à l'amertume… C'était un signe de bassesse ; les gens dignes prennent sur eux.

Alors que Rodrigue s'apprêtait à croquer une énième fève et à ressasser un énième souvenir, une petite silhouette émaciée débarqua dans la bibliothèque. C'était le jeune Tom Harcourt, un garçon errant qu'avaient adopté les Portemer – plus exactement, ils l'avaient recueilli et caché. Phéodora l'avait trouvé sur la route de Bourre-Buchon par une nuit de neige, alors qu'elle revenait en camion de la foire aux rongeurs de Chigny.

— Tom Harcourt, mon bonhomme ! Veux-tu que je te raconte une histoire ? s'écria Rodrigue en voyant le garçon.

Tom Harcourt sourit. Il aimait qu'on lui parle et n'était pas de ceux qui fuyaient les interminables soliloques de Rodrigue – ma cousine Bertille avait un jour tenté de se pendre avec sa corde à sauter tandis que Rodrigue lui racontait avec emphase son séjour à la prison de Fourrier-sous-Longuet, où il avait été enfermé pour avoir refusé de s'agenouiller sur le passage du préfet Savart. Tom Harcourt s'installa devant la cheminée sur un pouf en plumes d'ombre. Il était prêt pour le spectacle.

— La femme qui vient d'arriver, la jolie petite vieille, qui est là, dehors, à parler à la famille... Est-ce que tu l'as vue ?

— Hilke ?

— Tu la connais donc ? Tu ne cesseras jamais de m'étonner, Tom Harcourt ! Tu ne quittes pas les salles les plus obscures de la maison-maître, tu ne vois jamais la lumière du jour, mais tu es toujours au courant de tout !

Le soir où Grand-Mère l'a découvert sur la route enneigée, Tom Harcourt, pâle et ensanglanté, grelottait dans les ténèbres, vêtu d'un bermuda trop large et d'un vieux maillot de corps. Il devait avoir sept ou huit ans – on n'a jamais su son âge exact. Ses joues étaient creusées, ses jambes maigres comme des ronces, il était à bout de forces. Sous des rideaux de neige, Phéodora l'a enveloppé dans une couverture en maugréant et l'a ramené au domaine. Personne n'a posé de question. On l'a lavé, habillé et nourri. Tom Harcourt a dévoré le mouton noir sans en laisser une miette. Il avalait la laine juteuse par poignées. Je n'ai pas souvenir d'avoir vu depuis quelqu'un d'aussi affamé – les tartines au pâté de colombe, les croissants fourrés au sirop de viande, la jument briochée, tout ce que contenaient les cuisines de la vieille Andromaque y est passé. En engloutissant des chips de papillon, Tom Harcourt nous jetait des regards fiévreux, où se mêlaient la gratitude et une certaine méfiance. Il avait l'air de ne pas croire à ce qui lui arrivait : que l'on prenne soin de lui.

— Cette Hilke, reprit Rodrigue en regardant le feu qui bouillonnait doucement dans la grande cheminée, m'a volé ma vie. Crois-moi, Tom Harcourt, je l'ai aimée comme peu savent aimer. C'était mon obsession. Elle siégeait en moi, pourrait-on dire, c'était mon occupante. Mais pour elle, je n'existais pas. Elle regardait ailleurs et avait mieux à faire.

Une fois son repas terminé, Tom Harcourt, emmitouflé dans une épaisse couverture ronronnante, nous a dit, l'air complètement déboussolé et l'œil vide : « S'il vous plaît, ne dites à personne que je suis ici. Cachez-moi. Sinon, tout recommencera. » Il nous a montré la cicatrice violacée qui courait le long de ses côtes ; les bleus, autour de sa gorge. Et nous avons dû jurer, l'un après l'autre, de ne jamais le dénoncer. Certains ont même craché au sol pour marquer le coup. Sans nous en rendre compte, nous avions formé un cercle autour de lui. Comme pour le protéger. C'est qu'il faisait peine à voir, avec ses cernes rouges et sa peau veineuse ; il avait l'air d'un petit cadavre. Pour le rassurer, nous l'avons installé au sous-sol, dans la chambre cryptée, l'endroit le plus sûr et le mieux protégé de la maison-maître. Il s'est allongé sur le lit d'algues et s'est endormi aussitôt.

— Après des mois de dénégation et au prix d'immenses tortures, poursuivait Rodrigue, j'ai fini par l'admettre : j'étais voué à l'échec et jamais Hilke de Moureville ne me rendrait mon amour. Alors plutôt que d'être son éternel soupirant, son amoureux transi, j'ai pris la décision de tenir le rôle de bienfaiteur de l'ombre : derrière son dos, sans qu'elle le sache, j'allais consacrer toute mon énergie à faire en sorte qu'elle soit heureuse, sans jamais le lui avouer. Des cadeaux, anonymes ! Des bonnes actions, secrètes ! Elle ne le saurait pas, mais je ferais d'elle une femme comblée !

Tom Harcourt a dormi plus d'une semaine, ne se levant guère que pour aller aux toilettes ou pour avaler un peu de lait d'alouette. Pendant ce long sommeil, des policiers sont venus nous expliquer qu'un enfant avait disparu, un gamin de Chombière-les-Terreux. Rachitique, malade et mentalement instable. Il faisait de plus en plus froid, on craignait pour sa vie, d'autant plus que les faons des deux lacs étaient affamés et devenaient dangereux – ils avaient dévoré un berger allemand et attaqué des villageois. Pour retrouver l'enfant, on organisait une battue dans tout le canton. Phéodora a promis en grommelant que la famille participerait aux recherches. Alors que les policiers la remerciaient, elle leur a pratiquement claqué la porte au nez.

— Faire son bonheur à son insu… Je trouvais ça glorieux, peux-tu le croire, Tom Harcourt ? J'y voyais quelque chose de tragique et de sublimement romantique. Je m'oubliais pour elle. C'était un sacrifice. Ainsi, je me ruinais pour lui envoyer des parures d'émeraudes séchées de la part de son mari, qui se gardait d'avouer que les cadeaux n'étaient pas de lui ; si ses plants de lucioles étaient somptueux, c'est parce que la nuit, je venais les arroser avec des fertilisants toltèques achetés sous le manteau ; j'ai même pris des risques en soudoyant un type du ministère pour accélérer sa procédure de naturalisation. Tout ça, pour son bonheur, et sans reconnaissance ! Et elle, bien sûr, pensait simplement qu'elle avait de la chance ! Elle croyait en sa bonne étoile et ignorait son ange gardien.

Lorsqu'il s'est réveillé, Tom Harcourt est venu nous rejoindre dans le salon jamaïcain. Il avait meilleure mine. Ses blessures avaient disparu, un vrai miracle, et ses cheveux étaient touffus. Il avait pris huit ou dix centimètres. Pourtant, il avait l'air penaud de l'enfant qui doit confesser une mauvaise note. La tête baissée, il nous a soufflé qu'il avait un secret à avouer, mais qu'il préférait le faire dans le noir, car il avait trop honte. Alors Anna a fermé les rideaux pourpres de la porte-fenêtre, avant d'éteindre une à une les lampes à méduse du salon. L'obscurité était totale. Et, au cœur de ces ténèbres, Tom Harcourt nous a expliqué d'une petite voix blanche : « Depuis que je suis tombé dans la fosse à grillons de Longière, j'ai une maladie des glandes. À ce que dit le médecin, j'envoie des ondes, comme une radio. Et ces petites ondes, elles empêchent les gens de mentir. Quand je suis à côté d'eux, ça leur bloque les mensonges et ils sont forcés de dire tout ce qu'ils pensent. Alors ils se disputent, ils se battent. Et après, c'est moi qu'ils battent, et comme un plâtre. Ensuite, ils me chassent. Le docteur Sivier, il dit que je suis un sérum de vérité, et que j'apporte la discorde. Il dit que c'est une malédiction, parce que la vérité toute nue, il ne lui faut pas deux jours pour défaire n'importe quel groupe, n'importe quelle famille. Il dit que sans le mensonge, c'est la guerre à tous les coups. »

— Je me trouvais tellement généreux de faire ainsi le bien de Hilke sans récompense. Comme je te le dis, Tom Harcourt : je m'enivrais de ma propre pureté. Plus je souffrais, meilleur c'était ! Et j'étais convaincu que je continuerais de brûler de ce charbon à jamais, que je m'en contenterais, de ce beau rôle de roi des coulisses. Ah ! J'ignorais tout de l'âme des hommes… Mon cœur débordait d'idées hautes et stupides. Je me voyais en Cyrano alors que je n'étais même pas Quichotte ! J'étais fait pour ramper, voilà la vérité.

La voix tremblante, Tom Harcourt nous a demandé si nous acceptions de le garder parmi nous, malgré sa condition. L'oncle Gonzague, surpris par sa propre honnêteté, a répondu du tac au tac : « Je veux que tu dégages, tu vas nous attirer des ennuis. Mais j'ai un peu honte de l'admettre, car ce n'est pas très courageux. Et puis j'ai peur que Magdalena se comporte comme une connasse en culpabilisant tout le monde. » Il s'est bâillonné de la main pour s'empêcher d'en dire plus. Tom Harcourt n'avait pas menti :

ses ondes étaient puissantes. Magdalena a craqué une allumette. La petite flamme a rogné un peu sur les ténèbres. Sans accorder un regard à Gonzague, le visage calme et déterminé, elle a déclaré de sa belle voix rauque de fumeuse de réglisse : « Nous t'avons fait le serment que nous te cacherions, Tom Harcourt. La parole donnée sera tenue. Tu fais partie de la famille, désormais. » De joie, Tom Harcourt lui a embrassé les mains. C'était la première fois qu'on le voyait sourire. « Seulement, a repris Magdalena, il faut fixer des règles… J'en vois deux. D'abord, tu ne pourras pas sortir : les hélicoptères survolent la région et la police montée rôde dans les parages. Si quelqu'un te voit, nous sommes tous perdus. Tu resteras donc caché dans la maison-maître. Ensuite, nous comprenons tous les dégâts que peut causer la vérité absolue ; personne ne souhaite que nous nous entredéchirions. Je propose donc que tu ne voies les Portemer qu'un par un. Pas de rencontre de groupe : nous te rendrons visite les uns après les autres. Ça évitera les impairs, les insultes, le chaos. » Soumises au vote du conseil familial, les deux motions de Magdalena ont été validées à l'unanimité, moins une voix (celle de Gonzague, l'œil revanchard et les lèvres pincées). Tom Harcourt rayonnait. Il a fait une petite révérence et a gravi le grand escalier en sautillant, avant de disparaître dans l'obscurité. À ma connaissance, il n'a revu le soleil qu'une seule fois.

— Et me voilà vieux, Tom Harcourt. Tu as douze ans, peut-être treize ? J'ai six fois ton âge, et pourtant je n'en sais pas plus que toi. On n'apprend rien, tu verras. En un clin d'œil, je suis devenu un vieillard ; je n'ai pas eu d'enfants et j'ai peu de souvenirs. Je n'ai jamais pris l'avion, ni vu l'océan. Et aujourd'hui encore, je suis incapable de rester en présence de Hilke de Moureville sans rougir, bafouiller, sangloter et m'enfuir. À vingt ans, à peine sorti des cellules du monastère, je me suis précipité dans une autre prison, celle de l'adoration. Je pourrais te faire la leçon, te dire : « Tiens-toi loin de ce genre de passion, mon garçon. C'est un poison qui ne te quitterait pas. Une saleté de maladie. » Mais non. Je n'échangerais ma vie contre aucune autre, pas même celle du mari de Hilke. Tu penses peut-être que je suis fou, Tom Harcourt ? C'est sans doute cela, le pire : de cette vie d'esclave, je ne regrette rien.

Tom Harcourt n'avait pas perdu une miette du récit de Rodrigue. La tête posée sur la méridienne gazeuse de tante Lise, il compatissait avec le vieil homme. Du fait de toutes ces années passées loin de la lumière du jour, sa peau s'était lentement dépigmentée. Il était à présent d'un blanc laiteux, presque fluorescent, et Papy Pépin aimait l'appeler « le petit fantôme de la Douvière ». Alors que Rodrigue était sur le point de proposer à Tom Harcourt de croquer sa première fève de vodka, ils entendirent un cri. Un petit cri de femme, court et sec. Puis une détonation.

— Hilke ! s'écria Rodrigue, gagné par la panique.

Ils se précipitèrent vers la terrasse. Tom Harcourt, ébloui par la clarté du jour, tituba comme un ivrogne et s'écroula dans les bras du vieux Simon, qui en avala sa pipe. Magdalena cria de colère en voyant le garçonnet transgresser ses interdits. Les yeux écarquillés, Rodrigue bouscula successivement tante Clara, la belle Huguette et l'ombre de Clopin, avant de se jeter aux pieds de Hilke. Sous l'effet des ondes de Tom Harcourt, il confessa sans le vouloir son amour secret : « Je vous aime, cher cœur, depuis mille ans ! Savez-vous comme je brûle ? » Hilke n'eut pas l'air de l'entendre. Droite comme une fourche, elle cracha sur le sol où, le soir même, pousserait un chardon, puis, digne et austère, articula quelques mots en roumain, que personne ne comprit.

Rodrigue constata alors que tout le monde avait l'air fou de rage. Que s'était-il passé avant son arrivée ? Clara hurla : « Qu'elle parte ou qu'on la crève » en jetant vers Hilke une poignée d'escargots rouges ; Mathieu le Quatrième donna l'ordre d'attaquer à son chien Pagaille, lequel, mi-obèse mi-stupide, se contenta d'un regard vaseux ; Hubert, mon cousin « spécial », mordit profondément le poignet de son frère, qui devait quelques jours plus tard s'infecter et se couvrir de longs germes de luzerne. Diego se badigeonna le visage de lait noir pour signifier le début des combats. Ma mère se griffa les joues jusqu'au sang. Sven convulsa. Éliette hua. Puis un nouveau coup de feu retentit et le silence se fit. Rodrigue découvrit que son frère, Papy Pépin, se tenait debout sur un petit promontoire en pierres de grogne ; il était descendu des combles, pour la première fois depuis des mois. À son poing fumait un petit pistolet et son visage vieilli était sombre et méfiant. Il s'apprêtait à parler. Pépin sauta dans les herbes molles et écrasa sans le voir un petit vers à temps, un vers croqueur, et ∞

Diego se badigeonna le visage de lait noir pour signifier le début des combats. Ma mère se griffa les joues jusqu'au sang. Sven convulsa. Éliette hua. Papy Pépin, qui se tenait debout sur un petit promontoire en pierres de grogne et au poing duquel fumait un petit pistolet, fut pris d'un léger vertige provoqué par le bond temporel. Il sauta dans les herbes molles en prenant garde à ne pas écraser à nouveau le croqueur, qui avait cessé d'être mort – pour survivre, ces bestioles remontent le temps lorsqu'elles sont en train de mourir. Les autres Portemer n'avaient pas perçu la discontinuité du flux : seul Papy savait que la scène se rejouait. Avec effroi, il constata que des dizaines de vers blanchâtres, grassouillets et visqueux, rampaient sur la terrasse, laissant derrière eux de longues traînées laiteuses. Une colonie de croqueurs. Il fallait vite prévenir tout le monde. Mais Vassili sentit quelque chose qui grimpait le long de sa cuisse, sous son pantalon. Quelque chose de gluant. Avant que Pépin puisse sonner l'alarme, il se donna une grande claque sur la jambe et ∞

Clara hurla : « Qu'elle parte ou qu'on la crève » en jetant sur Hilke une poignée d'escargots rouges ; Mathieu le Quatrième donna l'ordre d'attaquer à son chien Pagaille, lequel, mi-obèse mi-stupide, se contenta d'un regard vaseux. Vassili se leva d'un bond et agita les bras.

— Vers à temps ! Personne ne bouge ! Croqueurs, croqueurs !

Mais dans le tumulte qui régnait, dans la fureur ambiante, personne ne lui prêta attention. Hubert, mon cousin « spécial », mordit profondément le poignet de son frère, qui devait quelques jours plus tard s'infecter et se couvrir de germes de luzerne. Diego se badigeonna le visage de lait noir pour signifier le début des combats. Ma mère se griffa les joues jusqu'au sang. Vassili hurlait tout ce qu'il pouvait, appelait Sven et Éliette, mais on ne l'entendait pas. Pagaille, le basset maltais dégoulinant de graisse, repéra une grappe de vers blancs postés sur un long brin d'herbe molle. Il passa lentement sur eux sa langue baveuse, les engloutit et ∞

Éliette hua. Puis un nouveau coup de feu retentit et le silence se fit. Rodrigue découvrit que son frère, Papy Pépin, se tenait debout sur un petit promontoire en pierres de grogne. Le gros Pagaille aboya subitement, avant de pousser un hurlement à la mort et de se précipiter vers Rodrigue. Qu'avait-il, ce chien ? Toujours au pied de Hilke, Rodrigue perdit l'équilibre lorsque le basset lui sauta dessus, puis s'étendit de tout son long sur un tapis de glaïeuls. Sans manquer d'écrabouiller un croqueur et ∞

Diego se badigeonna le visage de lait noir pour signifier le début des combats. Ma mère se griffa les joues jusqu'au sang. Rodrigue se rappela combien il détestait les vers à temps, ces vermines dégoûtantes. Il savait que les invasions de croqueurs donnaient souvent lieu à d'innombrables boucles temporelles. On pouvait passer des jours bloqué dans une poignée de secondes, à revivre la même scène, incessamment. Les croqueurs, fragiles, lents et piètres combattants, avaient développé une méthode de survie raffinée : en mourant, ils mordaient quelque chose qui devait être le cours du temps, qu'ils parvenaient à inverser pour revenir à un instant où ils étaient encore en vie. C'était une technique comme une autre pour échapper à la mort, une trouvaille de plus de l'évolution. Certains spécimens particulièrement épais vous renvoyaient des mois, voire des années en arrière. Il se dit que Julius l'Ancien a un jour tiré sur une reine mère qui pesait des dizaines de kilos et qu'il s'est retrouvé projeté dans son propre berceau, avant de revivre toute son existence. Celui qui tue un croqueur est le seul à avoir conscience du retour en arrière. Pour les autres, la scène est effacée – elle n'a jamais eu lieu. Une cellule de scientifiques de Montar-le-Bonnet tente depuis les années 1920 d'élucider ce phénomène, mais les experts n'ont jusqu'à présent trouvé aucune réponse convaincante et ont tendance à dilapider leur budget de recherche en tartes et en rosé.

Donc Sven convulsa. Donc Éliette hua. Puis un nouveau coup de feu retentit et le silence se fit. Rodrigue ne laissa pas à Pépin le temps de parler et prit les devants. Sa voix claqua dans le silence :

— Tous, taisez-vous et restez immobiles ! Nous avons une invasion de croqueurs. Pas un geste, sinon tout sera à refaire. Bien. Phéodora, c'est vous qui connaissez le mieux toutes les bestioles du domaine. Dites-nous comment nous pouvons nous sortir de là.

La vieille femme haussa les épaules. Il n'y avait qu'une chose à faire : endormir les croqueurs avant de les tuer, afin qu'ils ne soient pas en mesure de déclencher leur réflexe. Il fallait des narcotiques. Cléo-l'Ange, qui était adroite comme un singe de cirque, sautilla entre les croqueurs sans en écraser un et fila dans le cabinet de toilette de tante Clara, dont elle rapporta un pavé de haschisch canadien. On brûla la drogue avec précaution. Une épaisse fumée orangée envahit la terrasse et se répandit sur la pelouse ; on aurait dit de la brume apprivoisée. La fumée finit par tapisser le sol de la zone infestée. En quelques minutes, les croqueurs lâchèrent leur prise (brin d'herbe, lacet, pied de chaise, talon haut) et tombèrent sur le sol, inanimés. Quelques rires éclatèrent çà et là – l'euphorie du cannabis nous gagnait.

— Maintenant, grommela Phéodora.

À cet instant, les Portemer se mirent à sauter à pieds joints sur les vers et, joyeusement, se livrèrent à un massacre. Un vrai petit génocide ! Vite, vite, avant le réveil des croqueurs ! Les semelles tapèrent, on écrabouilla, on explosa, on compressa. Nous étions, il faut bien l'avouer, tout à fait heureux. L'anéantissement procure une curieuse ivresse. Une décharge puissante qui ressemble à la joie. Les cadavres s'amoncelèrent, on redoubla d'efforts. Il ne fallait pas risquer de laisser le moindre survivant. L'odeur de foin noir du cannabis se mêlait au parfum d'anguille des cadavres. Ça sentait comme les soirs de pendaison. Le sol se couvrit bientôt d'une gelée translucide – les tripes gélatineuses des vers à temps. Lorsque Sven dit : « Je crois que c'est terminé », nous fûmes tous un peu déçus.

Chacun reprit son souffle ; la brume se dissipa. Ma mère, l'imagination excitée par les effluves de haschisch, courut se cacher dans le four à pain, persuadée d'être attaquée par des nuées de chauves-souris nantaises ; Vassili fut pris d'un hoquet qui ne le quitterait pas pendant huit ans et qui le rendrait fou ; Rodrigue, lui, était dévasté de honte après avoir avoué en public son amour à Hilke. Ravalant un sanglot, il goba sans le vouloir Pommette, la petite grenouille qui l'empêchait de bégayer.

Nous étions silencieux dans le petit matin. Au loin, un rossignol dormait. Un vent tiède se leva de la terre rouge. C'est alors que Pépin, le visage rageur, pointa vers son frère un doigt accusateur.

— Alors, Rodrigue, tu aimes cette femme, c'est ça ? Tu l'as toujours aimée ? Mais tu ne comprends rien, ma parole. Tu es complètement inconscient. Elle est notre ennemie. L'ennemie de la famille. Une Moureville, ça ne mérite rien d'autre que de la haine.

— Je n'... Je n'...

Comme chaque fois que Papy s'emportait, un nuage de perroquets noirs survola le domaine, projetant son ombre sur nous.

— Tu n'es plus mon frère, lâcha-t-il simplement.

Hilke restait impassible. Dans ses petits yeux dorés dansaient des diables terribles. Rodrigue, lui, ressemblait à un gros chien honteux tancé par son maître. L'œil humide, il regardait tour à tour son frère et son amour. Il était pris entre deux feux. Pépin ne le lâchait pas.

— Elle veut racheter le petit champ de sable de la route de Charnu. Elle nous demande de céder une partie de nos terres, Rodrigue. C'est une insulte à nos anciens. Une offre faite pour nous diviser. Oui, un cheval de Troie des Moureville. J'ai quitté mes combles pour arrêter cette femme. Vois-tu le visage noir de Diego ? Sens-tu la rage de Clara ? La famille est sur le point de se déchirer. À cause d'elle, ta sorcière.

Hilke, d'une voix sèche, saisit la balle au bond et plaida sa cause.

— Ce champ n'a aucune valeur. Il ne vous sert à rien. Par ailleurs, vous êtes sur la paille depuis que nous avons récupéré l'arbre à viande. Il n'y a plus d'argent. Vous allez bientôt manquer de vivres, d'eau et de soins. Nous avons absolument besoin du champ pour étendre notre réseau ferré. Prenez notre argent. Nous vous en proposons assez pour remettre la propriété à flot.

Elle ne regardait pas Pépin, qui semblait stupéfait de son audace. Elle s'adressait directement à Vania, à Gretel, à Eudeline – aux Portemer en âge de l'entendre, qui savaient que la situation financière du domaine n'était pas tenable.

— C'est vrai qu'il nous faut de l'argent, murmura Vania. On court au désastre…

— Ne l'écoutez pas, mes enfants, supplia Pépin, la voix moins confiante.

— Vous savez, poursuivit Hilke, qui prenait de l'assurance, vous n'êtes pas obligés de nous apprécier. Vous n'avez qu'à prendre notre argent et nous haïr. Ce ne sont que des affaires.

— Pas question de laisser quoi que ce soit à ces chiens de Moureville, rugit Clara en levant le poing, au côté de Pépin.

— Pas question ! Pas de pardon ! reprirent en chœur quelques cousins, l'air sombre.

— Dans le pays que j'ai quitté…

Un sifflement, puis un bruit mat. Hilke reçut un caillou vibrant en pleine poitrine. Elle tressaillit à peine.

— Laissez-la parler, ordonna Vania.

— Ce… ce… celui qui la… lat… lat… la touche, je lui arr… arr… arrache les… les yeux, promit Rodrigue, l'œil noir. Il se tenait maintenant debout au côté de Hilke, face à la famille.

— Dans le pays que j'ai quitté, reprit tranquillement Hilke, il est un écrivain célèbre, Cornel Lupesco, qui est revenu des camps de la mort en

1945. Là-bas, ils faisaient des expériences, toutes sortes de tests. Un médecin, le docteur Otto Weidmann, lui avait greffé un segment de mâchoire de chien sur le ventre, à quelques centimètres du nombril. Une mâchoire vivante, dont les nerfs étaient reliés aux siens. À la libération, Weidmann fut tué par l'Armée rouge avant de pouvoir délivrer notre écrivain de cette aberration. Lupesco dut vivre avec cette poche de poils, de dents et de cartilage, qui rejetait des litres de bave et le réveillait, la nuit, lorsqu'elle se mettait à geindre. Un journaliste lui a un jour demandé s'il en voulait toujours à Weidmann. Lupesco a dit tranquillement : « *Iertarea este cea mai rafinată formă de dispreț* » – « Le pardon est la forme la plus raffinée du mépris ». Il a tout pardonné. Vous pourriez en faire autant. Nous pardonner pour pouvoir nous prendre de haut.

Un sourire provocateur se dessina sur le visage de Hilke. Papy Pépin reprit le contrôle de la situation en tirant un nouveau coup de feu. Il prit alors une décision qui finit d'activer les rouages dévastateurs de la Grande Discorde.

— Il est temps d'en finir. Notre famille doit statuer. Je propose que chacun dise à tous le fond de sa pensée, sans comédie. Que rien ne soit caché. Tom Harcourt, mon garçon, nous allons avoir besoin de ton sérum. Installe-toi sur la souche du pérévinier. Nous nous approcherons de toi, les uns après les autres. Nous dirons notre avis sur la proposition de Hilke de Moureville : faut-il ou non vendre le champ de sable ? Il est temps que l'on voie nos âmes à nu. Translucides. Je veux la vérité vraie. Ensuite, nous jugerons.

Le sort en était jeté. Lentement, quelques-uns se levèrent. Puis d'autres, l'air anxieux, sous un soleil à son zénith. Un soleil de midi, invincible et hurlant, qui cognait à nos tempes. Il n'y avait plus d'ombre, nulle part. Le domaine se trouvait englouti dans une clarté brûlante. Nous nous approchâmes de Tom Harcourt. En file indienne, nous tentions de nous préparer au verdict, inquiets de ce que pourrait révéler ce bain de vérité. C'est que tout le monde a quelque chose à cacher. Sous les projecteurs, il est difficile de se sentir tout à fait innocent. Pour raconter la suite, je laisserai la parole à ma cousine Bertille, la fille de Clara, qui s'est confiée des années plus tard à un écrivain de Lunar-sur-Souet dans un long ouvrage d'entretiens intitulé *Le Divan de Socrate – Vies et morts d'une Portemer* :

> Je n'aime pas bien parler de ce jour-là. Un jour déchirant. La famille a éclaté comme une vieille étoile. Ça a été toute une apocalypse. Je me souviens que la lumière était incandescente, presque livide. Tout était ébloui. Des nuées de moucherons blanches et molles roulaient dans les jardins, comme pour vous avaler. Les brins d'herbe, les chardons, tout ce qui pousse, on avait l'impression que ça voulait vous attraper par les chevilles et vous aspirer au fond de la terre. Il y avait de la méchanceté, partout.

C'est ce jour-là que j'ai découvert le vrai visage de ma mère. Je n'oublierai jamais le sourire affreux qu'elle a grimacé lorsque Hilke est arrivée. Un sourire de lézard, plein de petites dents pointues. On aurait dit que Maman voulait mordre. C'était comme si elle avait été remplacée par un grand reptile tout maigre, qui salivait en ricanant. Ses yeux étaient des fentes et il en coulait du mal. J'ai eu l'impression de me vider. Je voulais mourir pour ne plus jamais voir ça.

Le visage de la vieille Hilke, lui, était traversé de frémissements, de risées presque invisibles. Une force incroyable se dégageait de son petit corps sec. Je m'imaginais que des énergies mauvaises dansaient autour d'elle, des énergies toxiques, comme des radiations, qu'elle se préparait à déchaîner contre nous. J'avais toujours entendu dire qu'Hilke était une sorcière, qui était venue des Balkans avec toutes sortes de maléfices. Un démon qui pataugeait dans les brumes rouges et qui parlait au feu. On racontait qu'elle cachait dans sa gorge une sorte de tentacule en cartilage qu'elle pouvait vous planter dans le crâne comme une paille pour aspirer vos souvenirs. Les enfants du domaine n'en menaient pas large lorsqu'ils apercevaient sa silhouette, au loin, dans les marais. Une fois, j'ai croisé ses petits yeux dorés et j'ai pissé sur moi de terreur. Je sais aujourd'hui que Hilke n'était pas plus méchante qu'une autre. Mais nous avions été élevés pour haïr les Moureville.

Et puis Pépin a tiré un coup de feu. J'ai cru voir la petite balle qui transperçait le jour, et, tout autour, les atomes soufflés comme du maïs. Il avait les yeux creusés, des yeux fiévreux, noirs et luisants. Son visage s'était transformé pendant les mois passés dans les combles. Il y flottait de l'inquiétude et une dureté nouvelle. Son menton et ses joues étaient couverts d'une fine couche orangée, qui lui donnait l'air d'un prophète – je devais apprendre que cette barbe vivante était constituée de corail, du corail calcaire, qui avait probablement proliféré grâce à l'humidité des combles. Sous cette toison, il serrait ses mâchoires comme s'il voulait les briser. Je me souviens que l'air était bizarre. Il ne restait pas en place. Il claquait sous vos semelles, vous tapotait les joues, courait le long des jambes comme s'il voulait griffer, mais ne se laissait pas avaler. C'était la chaleur qui le rendait tout vif et tout coupant.

Pépin, d'une voix crépusculaire, a demandé à chacun de faire savoir s'il était pour ou contre la vente de la parcelle de sable aux Moureville. Nos nuques se sont raidies. Il fallait se découvrir. La pression atmosphérique a semblé bondir d'un coup et j'ai senti mon sang qui s'épaississait, mes veines qui s'étiraient – je gonflais à vue d'œil. Nous nous sommes alignés devant Tom Harcourt et la vérité a jailli en geyser. Toutes les rancœurs, toutes les haines accumulées ont trouvé une forme. Les deux camps ont pris corps et les ennemis se sont désignés – ceux qui voulaient sauver l'honneur contre ceux qui voulaient sauver le domaine. La famille était en pièces.

On cria : « Qu'on entaille le visage de cette pute de Hilke ! » On scanda : « Vous nous conduisez à la famine, chiens de Dieu. » Pablo, qui avait les mêmes yeux gonflés de haine que ma mère, les mêmes petits yeux fendus et dégoulinants, des yeux comme des gueules, Pablo hurla : « Le feu pour les traîtres ! » puis il éclata de rire. Je me tenais au milieu de la bataille, paralysée. Le temps, l'espace, tout semblait gluant. J'ai regardé le ciel. Je suffoquais en pensant aux espaces infinis et glaciaux, au-dessus de moi, aux galaxies, aux constellations, immenses et absurdes, à l'univers tout entier, ce désespoir en expansion. Je voulais qu'on m'anéantisse. Vania, le visage cramoisi de colère, a sorti son canif : « Je ne vous laisserai pas faire. C'est notre argent à tous. Vous allez saccager l'œuvre de Julius l'Ancien. S'il faut se battre, vous me trouverez là. » On entendit les dents de Pépin grincer jusque dans la vallée d'Ongre-Basse. L'aqueduc orbade en pierre de tulle s'écroula ; les vieillards savaient que c'était le signe secret que la guerre avait commencé. Tout comportement raisonnable serait désormais châtié. Notez qu'il est possible que j'exagère un peu. C'est ma mémoire qui fonctionne comme ça. Je ne fais pas exprès.

Diego, dont le visage badigeonné de lait noir devait me hanter pendant des mois, a pincé l'oreille de Vania et a ricané : « Vania, j'aimerais qu'on te fouette pour ce que tu as dit. Il faut qu'on la mette dehors, cette Hilke, et tout ce qu'elle représente avec. Aux oubliettes ! Aux douves ! N'as-tu pas appris qu'on ne trahissait pas les siens ? Vraiment, j'aimerais qu'on te fouette. Et Pépin est un saint. » Ma mère, la femme-lézard, s'est faufilée tout près de moi. Il m'a semblé qu'elle faisait claquer une grande queue sèche sur le sol lorsqu'elle m'a dit, avec un sourire vert : « Pas de compromission avec les rats. Ne t'avise pas de transiger. » Je ne me suis jamais sentie aussi seule.

Des nuages violets rampaient sur les montagnes et s'approchaient de nous. Ils grouillaient dans le ciel, s'agglutinaient, s'entortillaient à vous en écœurer. De petits nuages bien fins, qui jouaient les innocents. Sous les cieux, nous étions tous pris dans la violence. On avait le même mot coincé dans la bouche, un mot qui recouvrait tout, mais qui n'osait pas fleurir – le mot « crime ». Oui, il y avait des comptes à régler. Un coup de vent a fait exploser les nuages en poudre mauve. C'était à mon tour de parler. Je me suis mise à pleurer. Poussée à la confession par Tom Harcourt, j'ai dit entre deux hoquets : « Je ne sais pas ce qu'il faut faire. Je m'en moque bien de vos histoires. Mais je vote contre la vente, parce que j'ai peur que Maman me dévore. » Quelqu'un haussa les épaules : « Faire voter les enfants, c'est une idée stupide. » J'imaginais une météorite bleutée, en fusion, qui danserait dans le jour, filerait à travers le ciel en scintillant, avant d'écrabouiller nos continents et de faire taire tout le monde. J'avais envie de silence, de la tranquillité d'un lac. Mais il n'y avait que du tumulte. Je commençais à avoir mes douleurs, ce qui annonçait une nouvelle crise de bouche.

Deux armées se constituaient. Le dernier qui devait parler était Rodrigue. Une chaleur graisseuse au parfum de fumée et d'écaille est montée de la terre et s'est enroulée autour de nous. Une terreur moite s'est collée à nos peaux. Lorsque l'oncle

Rodrigue, à son corps défendant, acculé à la vérité par l'effet de Tom Harcourt, a hurlé en bégayant qu'il s'en remettait aux volontés de Hilke et qu'il souhaitait entrer au service des Moureville, un voile rouge est tombé sur les yeux de Pépin, qui a brandi son arme et tiré droit dans l'œil de son frère. Rodrigue s'est effondré, mort, la main tendue vers Hilke.

Des criquets, dans les vergers, s'acharnaient à résister au silence. Des millions de bêtes grouillaient, déchiquetaient, rongeaient, ignorant le fratricide. Nous étions muets.

Le petit Tom Harcourt, le premier, a repris ses esprits : « Trouvez un croqueur, vite ! Il en reste forcément un ou deux ! » Je me suis précipitée sur la pelouse et j'ai eu la chance de tomber sur un beau spécimen qui avait échappé au massacre. J'ai sauté à pieds joints dessus et ∞

Le dernier qui devait parler était Rodrigue. Une chaleur graisseuse au parfum de fumée et d'écaille est montée de la terre et s'est enroulée autour de nous. Une terreur moite s'est collée à nos peaux. Lorsqu'il a déclaré qu'il s'en remettait aux volontés de Hilke de Moureville, j'ai hurlé à la mort. Pépin, en sursautant, a raté son coup. La balle a atterri dans l'estomac d'un éphémerle. Mais les conséquences du coup de feu sur les Portemer ont été les mêmes que si le sang avait coulé : le frère avait voulu tuer le frère. Nous étions dans l'irrémédiable.

C'est alors que ma mère a éclaté de rire et que j'ai vu, je peux le jurer, un petit lézard rouge grimper le long de sa jambe et s'engouffrer dans sa bouche. La queue du reptile dépassait des lèvres de Maman, qui continuait de rire. C'était trop pour moi. Je me suis laissée couler dans un évanouissement. C'est une chose que je sais faire à volonté. Renoncer et perdre connaissance. Lorsque je me suis réveillée, il n'y avait plus personne sur la terrasse, à part le dresseur d'ombres et un gymnaste en fin de carrière qui passait son temps chez nous. Mon cœur était brisé et je n'ai plus jamais ri. Ma mère ne l'a pas remarqué. Elle est restée cette chose abominable.

J'aimais bien Bertille. Elle était un peu dingue, mais elle savait reconnaître les monstres. La plupart des historiens contestent ses récits. Ils les discréditent, au prétexte de son addiction au sirop de camphre et de ses proximités avec le Parti de la Douve Éternelle. Je ne sais pas ce qu'il faut en penser. C'est vrai qu'elle était terrorisée par tout ce qui nous entoure et voyait de l'hostilité partout ; je trouvais que ça la rendait émouvante. Petite, elle était obsédée par les forces cosmiques. Elle ne parlait que de ça, de la gravité, des trous noirs, des protons, toutes les puissances invisibles. La dernière fois que je l'ai croisée, elle m'a expliqué qu'une colossale éruption solaire frapperait la Terre fin mars 2048. Elle affirmait que les ondes électromagnétiques détruiraient tous nos systèmes de communication et qu'il fallait se préparer à une apocalypse électrique. Elle était documentée et assez convaincante. Elle a écrit plusieurs livres sur le sujet, notamment la belle *Épître aux aveugles*, et a fini par être prise au sérieux par des scientifiques réputés et par quelques ministres. Mais alors même que le gouvernement allait lui confier la tête d'une cellule consacrée à l'hypothèse d'une méga-éruption solaire, elle a disparu. Du jour au lendemain, elle a coupé toute communication avec la famille. On dit qu'elle est partie en Abyssinie pour se lancer dans le commerce et faire fortune. Elle serait propriétaire d'une petite mine de réglisse et aurait fondé une sorte de secte dédiée à l'attente de la fin des temps. Bertille a toujours vécu dans un monde épuisant.

Après avoir manqué d'abattre son frère, Papy resta quelques minutes hébété. *Assassin. Meurtrier.* Les yeux vides, les bras ballants, il avait l'air d'un spectre, d'un damné mythologique. *Tueur de frère.* Il flottait, halluciné, dans un ciel brûlé. Autour, tout était silencieux. La chaleur blanche semblait avoir aspiré le moindre bruit – on n'entendait plus que l'oiseau-bulle du cyprès rose, qui rebondissait d'une branche à l'autre en faisant de délicats petits « boiiiing ». Puis Pépin releva doucement la tête. Comme un brin d'herbe s'extirpant au matin de sa cosse de gel, il revint parmi les vivants. Après avoir repris ses esprits, il proclama l'état d'urgence d'une voix ferme. Après tout, même si son parti n'avait gagné que d'une courte tête (quatre voix d'écart), il sortait victorieux du vote : le champ de sable ne serait pas cédé aux Moureville. Hilke fut renvoyée chez elle sous les insultes, les jets de pierres et les menaces. Les oncles Léo et Théo saisirent Rodrigue par les épaules et le conduisirent dans la légendaire cage de fonte forgée par Hugues le Sage, fils de Julius l'Ancien : la cage aux traîtres.

Pépin convoqua le tribunal familial et organisa ce que Vania devait appeler « une parodie de procès ». Rodrigue, on s'y attendait, fut condamné pour projet d'intelligence avec l'ennemi et démis de tous ses grades familiaux ; ses décorations lui furent retirées et jetées dans la fosse à pus ; son nom fut effacé des registres, son visage des tableaux ; enfin, à l'issue d'une flagellation bâclée, Papy prononça le bannissement. Comme le veut la tradition, on attrapa un canard moucheté dans les canaux et on mit le feu à l'oiseau, qui s'envola en poussant d'affreux caquètements, parcourut quelques mètres en direction de l'ouest, avant de s'écraser au pied d'un cèdre élastique, qui s'enflamma à son tour. Phéodora interpréta les signes. Elle annonça la sentence : Rodrigue serait exilé à la grotte aux Salamandres. Le vieil homme se mura dans le silence.

Vint ensuite le procès des Portemer qui avaient voté en faveur de la vente du champ de sable. Ceux-là étaient des dizaines, qui attendaient la décision en priant, penauds et le front bas. Le conseil familial fut implacable : tous furent déclarés coupables de haute trahison. Sans délai, ils furent chassés de la maison-maître et jetés dans les herbes sales. Après une brève délibération, on décida de les enfermer dans les galeries de craie, humides, ténébreuses et pleines de scorpions-clowns. Ils supplièrent, présentèrent leurs excuses, menacèrent. En vain. Ils durent se résigner au poids des chaînes et aux humiliations. Le matin, depuis la maison-maître, on pouvait voir leurs silhouettes grises errer le long des douves, enchaînées, pour leur promenade quotidienne.

Au plus fort de la Grande Discorde, les châtiments gratuits devinrent incessants. Par une nuit glaciale, Vania fut tiré de son lit, déshabillé et arrosé au jet d'eau. Il ne sut jamais pourquoi. Un jour, Eudeline tenta de s'échapper. Elle fut tondue devant tout le monde par les hommes de Papy. Celui-ci vrillait complètement. De nouveau réfugié dans les combles, il dictait ses ordres et organisait la répression. Rien n'échappait à sa surveillance. Il se méfiait de tout le monde et voyait des traîtres partout, des complots contre lui et contre la famille, des ennemis du domaine à chaque coin de table. Nous redoutions ses colères.

Le domaine était devenu une citadelle. Un camp de redressement. Nous étouffions.

L'éclaircie ne vint pas d'une armée des ombres. Personne parmi les hommes de Pépin ne se rebella contre lui ; les prisonniers ne s'unirent pas dans un soulèvement et aucune résistance n'émergea. Non, c'est une tique qui fit s'effondrer le système autoritaire de Papy. Une belle tique de six ans et d'un peu plus de quatre tonnes, que Phéodora avait achetée à la foire de Longuereine. Généralement, les tiques étaient consommées jusqu'à sept ou huit mois, après quoi leurs chairs devenaient âcres et immangeables.

Les plus âgées étaient utilisées pour la reproduction et le labour ou abattues pour leur graisse. Mais ma grand-mère avait une idée qui lui trottait dans la tête depuis des années : récupérer le lait des tiques à des fins commerciales. Papy s'y était toujours opposé ; on ne savait pas traiter ce lait et il ne souhaitait pas développer l'élevage, coûteux et complexe, sur le domaine. Mais son rôle de despote (il tenait à se faire appeler « le Gardien ») lui laissait peu de temps pour régler les affaires courantes de la propriété, dont les dettes explosaient et que chaque jour rapprochait de la banqueroute.

Phéodora installa tranquillement la tique dans les champs de sauge noire et la nourrit de persil étoilé. Mais l'immense bestiole, au bout de quelques jours, se mit à lécher de sa grosse langue sirulgeineuse la mousse jaunâtre qui couvrait les pierres délimitant le champ. Elle se régalait et frétillait de toutes ses chairs, comme enivrée – ce qui devait avoir de l'importance dans la résurrection du domaine. Phéodora, qui trayait la tique avec une assurance qui surprit tout le monde (nous redoutions qu'elle ne se fasse écraser par l'immensité flasque de la bête), découvrit au lait une étrange propriété : il produisait chez son consommateur une sensation très proche de celle d'une charge de LSD. Lorsqu'elle goûta ce lait pour la première fois, en effet, elle fondit en larmes, se dévêtit et grimpa, nue, sur le toit de la maison-maître, d'où elle psalmodia des suppliques à « l'esprit jaune du vent-rieur », avant de chanter dans une langue inconnue, que certains cousins supposèrent être de l'ibréménique primitif.

Phéodora décela aussitôt le potentiel marchand de ce lait, dont une seule cuillère à café lui avait permis de dialoguer avec les nuées. Elle fit apporter dans le champ des kilos de la mousse jaune dont raffolait l'animal, qui était abondante dans les sous-bois ; après de rapides tests, elle découvrit qu'il suffisait d'en donner quelques poignées à la tique laitière pour que sa précieuse mixture acquière ses propriétés hallucinogènes. Une ou deux bouchées et une fermentation puissante s'opérait dans les flancs de la tique. La formule était simple. Le commerce put commencer.

On acheta une dizaine d'autres bestiaux, dont un mâle, que l'on accoupla avec les laitières. La production journalière progressa à mesure que la réputation du lait s'étendait dans la région. Les jeunesses errantes s'y adonnaient sans mesure, vite rejointes par des aristocrates déviants et quelques fermiers accablés de travail – la substance présentait l'avantage non négligeable de ne donner lieu à aucun effet secondaire. Phéodora se découvrit femme d'affaires avisée et sut faire de son lait un triomphe clandestin grâce à quelques idées judicieuses – notamment le refus de la vente au détail, coûteuse, risquée et insuffisamment rentable. Elle travaillait avec rigueur, sans précipitation. L'argent arrivait de plus en plus vite ; les livraisons dépassèrent les frontières du canton et la réputation du lait s'étendit jusqu'au col des Lombray, pour atteindre la région d'Auremas et le sud de la Belgique. On eut même des clients brésiliens adeptes de « l'extase lactée » (*êxtase leitoso*).

Papy ne découvrit cette expansion commerciale que le soir où Grand-Mère lui annonça en passant, entre deux lampées de soupe au grillon, que le domaine était tiré d'affaire – les tiques rapportaient au bas mot six fois ce que produisait jadis l'arbre à viande. Une nouvelle ère d'abondance s'annonçait. Elle prit un malin plaisir à lui faire part de son triomphe sans en rajouter, avec humilité. D'abord vexé de n'être pour rien dans le sauvetage du domaine, il reconnut vite le génie de sa femme. Celle-ci, en position de force, exigea de lui qu'il restaurât sur-le-champ l'unité familiale. Il y consentit, penaud, et reconnut qu'il s'était peut-être un peu emporté en se lançant dans son entreprise concentrationnaire. Le lendemain, qui resterait comme le Jour de la Restauration, les murs du camp de prisonniers furent abattus et la liberté rétablie. Le régime de Papy s'écroula sans un coup de feu ; personne ne voulait plus d'histoires, ni les bourreaux, ni les victimes ; tous voulaient oublier et jouir de l'opulence retrouvée du domaine ; par un consensus muet, ils décidèrent de tirer un trait sur cette période. Les comptes se régleraient plus tard, le temps était à la réconciliation et à la prospérité. Ainsi commencèrent les Années Grasses et leur débauche de luxe. Les fortunes amassées grâce au lait de tique permirent de construire des bassins suspendus, des palais de pétales, des fontaines de safran, on acheta des fiacres en or massif, des redingotes en diamant piqué, on se gava d'omelettes aux œufs de flétan et de viande d'ours beige. On s'oublia dans une fête sans fin.

Lorsqu'il avait accepté de desserrer l'étau de son pouvoir, Papy n'avait eu qu'une exigence, à laquelle Phéodora avait consenti : il avait catégoriquement refusé le retour de Rodrigue. Celui-ci resta à jamais cloîtré dans la grotte aux Salamandres, se nourrissant de trèfles, de bigorneaux des bois et de goélands perdus. Il aurait gravé sur les parois d'albâtre rose un poème chevaleresque en rimes soufflées à la gloire de Hilke. Toutes sortes de rumeurs ont couru sur son compte. À une époque, il s'est dit qu'à force de silence et d'isolement, il avait perdu la tête et avait fini par croire qu'il s'était transformé en rocher. Qu'il était devenu une pierre sans vie, immobile et glaciale. Il se serait laissé mourir d'érosion. Les guides, qui chaque été font visiter la grotte aux touristes, leur expliquent que parmi les roches se cache très certainement le cadavre de Rodrigue, indécelable, qui s'est littéralement fondu dans le décor ; chaque vacancier parie sur tel ou tel caillou. Cet homme avait eu toute sa vie un appétit étrange pour la captivité, qu'il a gardé dans la mort. Après son départ, il m'a beaucoup manqué, et à ma mère aussi. Elle fut épouvantée par son bannissement. Lorsqu'il quitta le domaine avec son balluchon, elle poussa un cri terrible, un cri de désespoir qui lui déchira net les cordes vocales et dont certaines fréquences continuent de résonner dans les parties basses des douves souterraines.

Dans un carnet de cuir retrouvé il y a quelques années sur les rives de la Grave, on a découvert un petit texte délirant aux visées prophétiques, qui deviendrait célèbre sous le nom de *Livre des ombres*. L'auteur, dans un style frénétique et parfois incohérent, y raconte des paraboles confuses – les plus connues sont « L'huître à la perle morte » et « Le chameau dépourvu de bosse, de pelage et de viande ». Dans une deuxième partie, les « versets de l'ignorance », il se met en scène en tant que restaurateur de la « stabilité du réel » – il se proclame, entre autres, « celui qui nomme », « le furtif », « l'accoucheur d'étoiles » – supposé « avaler le Mal » pour éviter la « grande corruption ». L'auteur termine son évangile par des centaines de préceptes moraux souvent obscurs (« si tu questionnes l'obscurité, ris de tes lueurs » ; « n'oublie pas que la même montagne tantôt se dévale, tantôt se gravit » ; « redoute celui qui vient à toi la paume ouverte, car le meurtre est une affaire d'amour », etc.). Certains fervents s'entichèrent de la veine prophétique du texte. Quelques colonies d'adorateurs virent le jour, dans le Moiselier et tout autour de Mildieu. Mais, lassés d'attendre l'éblouissement, les fidèles finirent par rentrer chez eux. On n'a jamais pu prouver que Rodrigue était l'auteur du *Livre des ombres*, mais il n'est pas un Portemer qui pense le contraire.

Quelques mois après la chute du régime de Papy, un glissement de terrain emporta les ouvriers qui foraient sans relâche la parcelle des Moureville. La terre, percée de mille galeries, était devenue instable et s'effondra dans un tonnerre. Il n'y eut pas de survivants. Dans la semaine qui suivit le drame, Phéodora, un sourire en coin, se rendit chez les Moureville et proposa à Léon et à Hilke de racheter la parcelle pour que le domaine des Douves retrouve ses frontières historiques. Les époux, ruinés, n'eurent d'autre choix que d'accepter en se tordant les mains de rage ; il en coûta à Grand-Mère l'équivalent d'une semaine de traite. La Mâchoire, cette barricade blanche qui sectionnait le domaine, fut abattue lors d'une fête mémorable. On laissa la terre reposer et digérer les morts.

Au bout de quelques mois, on y replanta un tout petit arbre à viande, pâle et chétif. Il ne produisait qu'un gigot par an, que l'on dégustait pour l'anniversaire du Jour de la Restauration.

On évoqua de moins en moins notre guerre civile ; on ne pensait plus qu'à la joie retrouvée. À l'unité des Portemer, qui devait primer sur tout le reste. Nous mîmes toute notre énergie à oublier la Grande Discorde.

CHAPITRE III

Je caresse lentement la toile ; la texture vieillie crisse sous mes doigts. Elle est détendue, suintante et gondolée. Je souffle doucement dessus pour en chasser la poussière. Elle sent le raisin jaune et la cire à parquet. C'est une toile vierge, probablement d'un mètre sur quatre-vingts centimètres, jaunie par le temps et l'humidité. Je l'ai trouvée dans le minuscule atelier de peinture qu'enfant je m'étais installé derrière les abattoirs. Je me souviens encore de ce que j'avais prévu de faire de cette toile, à l'époque : un tableau grandiose, lumineux, explosif ; un portrait déstructuré de ma mère, que je voulais « symphonique ». J'avais quinze ans, je me prenais pour un artiste et j'étais convaincu d'avoir « trouvé ma forme » – je répétais cette expression sur tous les tons. Cette toile, de loin ma plus ambitieuse, serait mon entrée fracassante dans le monde des arts. Un manifeste amoderne, un opéra de peinture. Mais je n'avais pas pu commencer mon chef-d'œuvre : dans la nuit qui a suivi la noyade de ma mère, j'avais dû quitter le domaine précipitamment, sauter dans une calèche et me cacher en ville sous un nom d'emprunt – Clovis Cardinaud.

Aux côtés des peintres de la capitale, notamment des jeunes loups du Mouvement grimaciste, j'ai vite découvert que j'avais nettement moins de talent que je ne l'imaginais. Mon style manquait de singularité, mon geste d'ampleur. J'étais un bon technicien, guère plus. Après avoir été humilié à plusieurs reprises par des galeristes en vogue, je finis par m'y résoudre. Je me fis une raison et pus rapidement gagner ma vie en ouvrier de la copie : je reproduisais des Van Gogh et des Monet à la chaîne, qui étaient vendus à bas prix aux touristes panaméens. Le monde des petites mains me convenait mieux que l'atmosphère de pugilat de l'avant-garde – la concurrence entre les créateurs était impitoyable et on n'hésitait pas à pratiquer le coup bas (calomnie, vol d'idée, destruction de matériel, j'en passe). Sortir de cette mare de méduses fut un soulagement. Je ne ressentais plus le besoin de créer ; je n'ai plus jamais tenté de peindre mes propres toiles. Je me contentais de travailler, j'affinais ma technique. Quatre ans plus tard, je restaurai mon premier tableau et trouvai ma voie.

J'installe le chevalet à une cinquantaine de mètres des restes de la maison-maître. Le cadre auquel je fais face est magnifique – les pistachiers roses, les lianes du persiflore, la lumière mouchetée grouillant sur les pelouses, la masse noirâtre des ruines, le corps inerte de Mehouad, étendu sur son transat, et les grands cerfs blancs, endormis à ses pieds, tout cela dégage une douceur macabre qui me donne envie de peindre. Un petit vent secoue joyeusement les branches des mélèzes. Mes mains tremblent un peu. J'inspire profondément, ferme les yeux, fais le vide. Je me lance.

Je laisse glisser mon pinceau-colibri sur la toile ; d'un trait à peine marqué, d'une pointe légère, je trace une longue ligne courbe, fragile – un joli vert étang. C'est un bon début. J'ajoute une note de rouge, riante, qui commence à ébaucher la silhouette du buisson d'aubépines. Le tableau sera figuratif, mais stylisé, remuant, je veux y voir naître des bouillons de formes. Comme une agitation. Le pinceau est trop humide. Je le presse sur la palette, afin d'en expulser un peu d'eau, puis je le plonge dans la peinture, qui s'agglutine dans la brosse en grappes gélatineuses. Quelques gouttelettes brunes aspergent la toile. J'accélère mon geste, change de rythme : de la douceur, un peu de retenue, puis de la force vive, un mouvement endiablé. *Pianissimo*, *fortissimo* ; de la délicatesse à la bestialité. Ce doit être une danse. J'ajoute un peu de vert, du jaune, je badigeonne, j'adoucis les teintes, les renforce, les affirme, je travaille les reliefs à l'éponge de calcium et fais jouer les matières, les pleins et les déliés, je dessine à la crème de charbon la silhouette ténébreuse de la maison détruite, j'empoigne le pinceau-laquais pour rendre le pelage des cerfs et tente de donner de la vitesse à l'ensemble par de petits mouvements secs, nerveux, que ce soit un vertige, une ronde.

Les images s'élancent, tournoient, se jettent sur moi. Des sensations pures, concentrées. Des couleurs saturées, des lumières foudroyantes. Je laisse venir le monde. Je m'y noie. Et c'est cela, cet océan de perceptions, c'est cela que je dois saisir. Je ne prétends pas faire une œuvre originale, ni même un beau tableau ; je voudrais seulement capturer quelque chose. Restituer une vibration. Il est impossible pour un peintre d'être fidèle au monde ; il ne peut être fidèle qu'à sa vision. Et celui qui n'a pas de génie doit être absolument honnête. Pour parvenir à dire : « C'est ainsi qu'est le monde. C'est ainsi que je vois. »

Après m'être enfui du domaine pour m'installer en ville, j'ai coupé tout contact avec les Portemer. Je n'ai plus eu affaire à eux, pas une seule fois, en vingt-cinq ans. Parmi les personnages qui ont peuplé mon enfance, je n'ai revu que Yohan, par hasard, dans la fournaise d'une nuit d'octobre. À quinze ans, j'étais trop tendre pour la capitale ; j'avais la peau trop fine. J'ai découvert, en quelques jours, la pauvreté, la faim, les coups et la laideur. J'ai dû mendier un peu, sur les boulevards circulaires. Après avoir dormi quelques jours dans les grottes artificielles du parc Monteverdi (l'expression « dormir sous les ponts » n'a aucun sens : on n'y trouve que le vent, les rats, la mort), j'ai fini par me résoudre à vendre la bague d'émeraude de Julius l'Ancien que tante Minh avait glissée dans ma poche en m'embrassant, la nuit de mon évasion

– elle l'avait volée dans la petite chapelle, commettant pour moi un parjure auquel je ne peux repenser sans émotion. Le bijou valait une fortune. J'en ai tiré auprès d'un petit antiquaire de la place Cromwell de quoi me nourrir, me loger et financer pendant un an mes tentatives de « percer » dans le monde de la peinture.

Je m'installai dans un studio miteux du quartier comorien dont le papier peint doré était rongé par les punaises, dévorai deux poulets et tombai comme un mort dans un sommeil sans rêves. Un sommeil si profond que je frôlai le coma. Chaque année, fin juin, du fait d'un pourrissement de la moelle corticale, Rodrigue, Colombine et les enfants sans mots devaient s'installer dans les caves de l'aile nord pour hiberner pendant cinq mois. Une affaire de gènes, disait-on. Avec de tels antécédents familiaux, je fus soulagé de me réveiller au bout de quatre jours seulement. Requinqué, l'esprit à nouveau enivré par mes théories esthétiques, je courus m'acheter du matériel et peignis tout mon saoul. Des dizaines de toiles, certaines minuscules, d'autres gigantesques, s'entassaient dans mon petit studio, avant d'envahir le palier, puis d'encombrer l'escalier. Elles dégageaient une odeur affreuse et gênaient mes voisins. Je m'en moquais ; je n'avais d'yeux que pour mon œuvre. Je peignais plusieurs tableaux par jour, m'essayant à toutes les techniques possibles – peinture à la griffe, fumigation, *ghosting*, végétalisme, pousse-crochet, toutes les tendances du moment. J'avais un appétit d'ogre et l'envie d'en découdre.

Au bout de quelques semaines, je me décidai à chercher un lieu pour stocker mes toiles. Je me rendis dans les longs bâtiments blancs de l'école des Hautes-Œuvres et, crânement, exigeai de rencontrer le directeur. Mon aplomb et mon jeune âge amusèrent le personnel ; je finis par obtenir d'un sous-secrétaire adjoint l'autorisation d'entreposer mes toiles dans les stocks, gigantesques et à moitié vides. Mes cadences étaient telles qu'assez vite, lassé par les allers-retours entre mon studio et la prestigieuse école, j'installai mon atelier dans une salle de cours inutilisée. Je ne pris pas la peine de demander l'autorisation. On ne me fit aucune remarque : la place ne manquait pas et, à force de traîner dans les lieux, j'avais fini par être une tête connue. Et puis un gamin de quinze ans peignant avec une telle rage éveille forcément une certaine curiosité. On m'observait en coin. J'étais un phénomène.

La peinture semblait sortir de moi. C'était un jaillissement. Un flux d'images, de couleurs, de textures. Je pouvais peindre pendant des heures, sans manger, sans dormir, sous l'œil intrigué des élèves et des professeurs qui venaient me rendre visite. Je peignais comme un sourd. Comme s'il fallait tout dire. Que tout sorte. Le domaine des Douves était mon unique sujet d'étude. Je ne parvenais pas à peindre autre chose. Les cascades grésillantes, le petit lac penché, l'homme-miroir, les veines phosphorescentes de Cléo-l'Ange, chaque toile était un souvenir capturé. C'était un témoignage.

Au bout de quatre mois, je sortis du tunnel et posai mon pinceau. Un cycle était fini. Enfin, je respirai. On me vit boire et rire dans quelque bar fameux. Je jubilais. C'est alors que je décidai d'organiser une exposition : il était temps que mon travail soit vu. L'administrateur de l'école consentit du bout des lèvres à me laisser occuper trois salles en enfilade, un mardi après-midi. Ce n'était pas idéal, mais je ferais avec. L'exposition s'intitulerait « Douves ». Je payai moi-même le livret, les tracts et l'affiche, sur lesquels je fis imprimer un portait de Hilke, les yeux morts, l'aigle à deux fronts sur l'épaule. La nuit qui précéda l'exposition, j'installai les tableaux avec soin, plaçai les luminaires, arrangeai le mobilier. Je crois que je n'ai jamais été aussi fier. J'avançais sereinement vers la gloire. En contemplant mes toiles, innombrables, grouillantes, j'étais pris d'une sorte de tournis. J'avais une certaine forme de génie, c'était indéniable. Convaincu d'amorcer une révolution esthétique, je planais dans mes sommets. Alors que les petits élèves et les petits professeurs géraient leur carrière et leurs mondanités, je m'adressais, moi, à l'éternité. Je me voyais comme un météore dans un pays de galets, un soleil chez les ampoules. Il m'est aujourd'hui difficile de repenser à cette époque sans rougir. C'est si embarrassant, cette jeune arrogance ! Je ne comprends toujours pas comment j'ai pu à ce point me tromper sur moi-même.

L'exposition eut lieu, comme convenu, et ce fut un désastre. À l'ouverture des portes, il n'y avait qu'une dizaine de curieux – quelques élèves à moitié endormis, trois anciens professeurs, la responsable de la scolarité, ainsi que le doyen, F***, un vieux bonhomme aux yeux de brochet qui avait eu de l'autorité, mais que personne n'écoutait plus. F*** dit gentiment quelques mots, affichant l'espoir qu'il plaçait en moi, expliquant que j'étais un talent précoce et, pour certains, une révélation. Ce « pour certains » me tordit le ventre. Il dit encore « malgré un style encore vert », « une fougue un peu naïve par moments », « deviendra un artiste ».

Il formulait des *réserves.*

J'avais envie de hurler pour le faire taire. Ces toiles n'étaient pas une étape dans ma vie de créateur, mais un aboutissement. Comment pouvait-il ne pas le voir ? J'étais à l'apogée de mon talent ; j'étais incontestable. De quelles « facilités » parlait-il ?

Cette après-midi fut la plus longue et la plus humiliante de ma vie. Silencieux, les mâchoires serrées, je me morfondais sur ma chaise de jardin, attendant en vain les compliments – j'espérais, sans l'avouer, qu'une silhouette réputée, majestueuse et respectée, se pencherait vers moi en murmurant « J'ai reconnu en toi le génie ». Mais les yeux glissaient sur mes toiles, indifférents. On restait quelques instants devant un tableau, on toussotait, puis on passait à autre chose. Rien ne se passa. Pas d'éblouissement. Pas de révolution, ni de révélation. On me prêtait simplement un « talent honorable », une « indéniable aisance technique ». Quelqu'un dit « C'est assez bien fait, tout de même » ; « Quelle imagination ! » lança une vieille dame en m'adressant un clin d'œil ; une autre me posa quelques questions sur ma gamme de pinceaux ; je surpris des soupirs. Les visiteurs auraient dû être frappés, subjugués. Comprendre qu'ils assistaient à la naissance d'une œuvre. Ce vague intérêt, dénué de passion, fut pour moi comme un lynchage public. Si au moins ils avaient détesté, vomi mon travail et craché sur l'exposition, s'il y avait eu scandale, j'aurais pu m'accrocher à l'idée d'être un précurseur, un génie incompris en avance sur son temps. Mais non : ils s'ennuyaient.

Je ne vendis que quelques toiles, dont une au doyen F*** – je le soupçonne de l'avoir achetée par pitié. C'était un petit tableau furieux peint aux braises d'algue, qui représentait les falaises molles rôdant aux confins orientaux du domaine des Douves. Au troisième plan, derrière les carmélites, on distinguait la lueur écarlate de Yohan.

À dix-huit heures, on vint me demander de décrocher mes toiles, car était organisée une conférence de presse de Bismark, le pape du *cut art*, qui était allé pour sa dernière œuvre (*Tronc II*) jusqu'à se faire amputer bras et jambes. Il déboula comme un bolide dans un petit caddie de supérette que poussait son imprésario, suivi de nuées d'attachés de presse, de journalistes et d'admirateurs. Penaud, je remballai ma misérable exposition, sous les aboiements d'un assistant de l'artiste qui me pressait d'effacer toute trace de ma présence. Cet épisode fut l'un des plus douloureux de ma jeune existence. C'était ma première blessure narcissique et rien n'est plus cruel qu'un coup à l'orgueil. Cet échec me disait « Tu n'es pas exceptionnel », « Ton âme est fade » ; il me criait « Tu n'es pas un artiste et la beauté n'est pas une chose pour toi ». J'étais mordu aux nerfs. J'étais plus bas que terre. Le lendemain, abasourdi de désespoir, je fis tatouer sur ma poitrine, juste au niveau du cœur, le mot « NIHIL », en lettres noires. Ce stigmate de mes emphases adolescentes a toujours fait sourire mes maîtresses.

Quelques semaines plus tard, alors que je me terrais dans mon petit studio pour me consacrer pleinement à ma nouvelle passion – ruminer mon fiasco, pleurer sur mon sort, me rouler dans la crasse et dériver lentement vers la dépression –, je reçus un appel de l'école. On m'annonça que le doyen F*** s'était tiré une balle dans la bouche. Après la fermeture, il s'était assis à son vieux bureau et avait bu un verre d'alcool de feutre, avant de serrer ses lèvres sur le canon de zinc d'un petit revolver non homologué et de presser la détente. Quelques morceaux de son crâne, apprendrais-je plus tard, avaient atterri sur ses œuvres complètes de Krănos-Mori, éclaboussant au passage son manuscrit du *Cryptonomicon* et ses gravures de Piocec. Il n'avait pas laissé de mot, aucune explication. Mais un détail étrange avait retenu l'attention et alimentait les conversations : avant de se tuer, il avait pris soin de placer devant lui, sur un chevalet de poche, le petit tableau écarlate qu'il m'avait acheté. De toutes les œuvres qu'il détenait, c'était la mienne qu'il avait choisi d'emporter dans la tombe. Pour ce seul fait de gloire, on m'invita aux obsèques de F***.

Les funérailles eurent lieu par un matin jaune, dans un petit temple gôniste de la rue des Trombes. Nous étions nombreux, des gens de tous âges. Certains me regardaient de travers. Je reconnus quelques pontes de l'école des Hautes-Œuvres, qui cachaient leur ennui derrière des lunettes noires. La cérémonie fut très sobre, quasi muette, conformément aux préceptes du culte. Certains se recueillirent devant l'arbre à songes et on piétina des poires, des olives et des églantines en mémoire du défunt. Alors que nous sortions du temple, le frère de F***, R***, un beau vieillard abasourdi, entonna un chant liturgique, accompagné par une sorte de harpe à tubes qui émettait des sons légers, comme un petit zéphyr. On entendit quelques sanglots, quelques reniflements, mais j'avais le sentiment que tout le monde était furieux. Les gens en voulaient à F*** : en se tuant, il les avait privés de l'occasion de dire : « C'est triste, bien sûr, mais c'est dans l'ordre des choses ; il a eu une vie merveilleuse, il en a bien profité, et aujourd'hui, il est en paix. » Non, il avait fallu qu'il gâche tout. Il leur avait volé cette consolation.

Sur le parvis du temple, je repérai madame Eustache, une enseignante spécialisée dans la peinture gazeuse qui m'avait encouragé à plusieurs reprises lorsque je travaillais dans les locaux de l'école. Dans la lumière sale du matin, son visage osseux ressemblait à s'y méprendre au portrait d'Hypnolène d'Aquitaine, la mère d'Oudoir le Maigre, que l'on trouve aujourd'hui encore à l'entrée du musée des Cinq-Plaies. Emmitouflée dans un pardessus gris, madame Eustache me fit un geste discret de la main et s'approcha hâtivement en jetant derrière elle de petits regards furtifs, comme si elle craignait d'être suivie. Elle avait l'air inquiète et semblait avoir quelque chose d'important à me dire. Elle se planta à quelques centimètres de moi et murmura d'une voix essoufflée : « C'est le deuxième, vous savez. Il y a un autre cas, une autre personne qui s'est tuée devant l'un de vos tableaux. Une étudiante de deuxième année, Oxana. Elle s'est jetée par la fenêtre de sa chambre de bonne en se cramponnant à l'une de vos toiles. » Je me souvenais de cette fille. Je l'avais repérée le jour de l'exposition. Molle, un peu balourde, les yeux tombants et la voix traînante. Très attirante. Elle avait hésité longuement entre deux peintures en se tordant les doigts, avant de choisir un tableau sombre, très noir, un quasi-monochrome, qui représentait l'accouchement d'une tique laitière sur les berges de la Grave. Une toile peinte à la boue d'algue et à la crème de coq, qui dégageait une petite odeur d'amiante. J'aimais bien ce tableau et la fille me plaisait. « C'est un peu gros, comme coïncidence, vous ne trouvez pas ? souffla madame Eustache. Est-ce que vous nous avez caché quelque chose, Clovis ? » Sans me laisser le temps de répondre, elle chaussa ses lunettes noires et sauta dans un taxi.

Je regardai avec angoisse les nuages verdâtres et menaçants qui dessinaient au-dessus de la baie la forme d'une griffe. Deux victimes. Je frissonnai. Alors que l'on hissait le bac de sable noir contenant le corps de F*** sur la charrette mortuaire et que le cortège s'apprêtait à se diriger vers les eaux sacrées, un vieux bonhomme aux joues rouges, à la barbe hirsute et à l'œil brillant me prit à partie d'une voix vibrante : « Ah, mon pauvre garçon, si vous saviez comme un homme peut souffrir… Après chaque enterrement, c'est la même histoire : je n'arrive plus à penser à autre chose qu'à la mort au travail. Tenez, en ce moment même, je regarde ces gens, ces braves amis, et je me dis : ils vieillissent. Ils s'usent, se flétrissent… Ils meurent doucement. À chaque seconde, leurs neurones perdent un peu d'intensité. Leurs globules pâlissent. J'ai lu dans une revue médicale qu'à partir de ses dix-neuf ans, le corps perd plus de cellules qu'il n'en crée. Je ne vois plus que ça : le grand délabrement… » Ses yeux roulaient d'une drôle de manière, des yeux clairs, sans pupille. Il remuait ses mains et faisait avec ses doigts maigres de petites pichenettes dans l'air. « Alors il faut se demander pourquoi les choses sont ainsi, n'est-ce pas, pourquoi tout dépérit. Il aurait pu en être autrement, vous ne croyez pas ? J'ai fait mes recherches… J'ai rencontré des gens… Et qu'est-ce que l'on sait ? Au fond de la matière, il y a un code. Une séquence, qui organise le pourrissement de tout ce qui nous entoure, de tout ce que l'on aime… qui concocte le poison universel. » Il me serra le bras avec une force inattendue. « L'obsolescence programmée de la vie, j'aime bien l'appeler comme ça, obéit à un plan… Et c'est cela, le pire : c'est un ordre, pas un chaos… Quelle farce ! » Il sautillait maintenant d'un pied sur l'autre avec un drôle de sourire ; je sentais ses postillons s'écraser contre mes joues. « Je vais vous dire : à l'origine de l'univers, il y a une volonté de nuire. Une méchanceté. Quelque chose d'infiniment mauvais est derrière tout ça. Alors la vie, mon bon ami, c'est une cruauté en marche. Une persécution. On baigne comme des crevettes dans cette agonie générale. Croyez-moi, l'existence des choses, c'est une malédiction. Mais vous êtes sûrement un artiste ? Les artistes n'y comprennent rien, à ces affaires-là. À la fatalité, au grand programme, au destin des atomes. Vous vous blottissez dans vos bêtises… » Je tournai les talons.

Il fallait faire vite : je devais à tout prix prévenir du danger les autres acquéreurs de mes toiles – par chance peu nombreux. Le petit carnet de cuir contenant leur nom et leurs coordonnées se trouvait à l'école des Hautes-Œuvres. Sous un ciel qui virait maintenant à l'orange, je me ruai dans la rue du Petit-Châtelet, dégringolai la butte Saint-Paul, longeai le fleuve par le quai de la Nation, franchis le pont Pouchkine puis, haletant, courus jusqu'à l'école en traversant comme un boulet de canon l'esplanade du palais Rochechouart et le marché aux chrétiens.

Une fois arrivé, je m'engouffrai dans l'office des scolarités, et, sous les regards soupçonneux des agents administratifs, récupérai mon carnet. Je le feuilletai frénétiquement, avant d'y retrouver la liste de mes clients. Cinq noms, en lettres majuscules ; des noms de condamnés. Je respirai profondément. La course m'avait épuisé et de petites taches sombres dansaient devant mes yeux. Une comptine de tante Lou me revint à l'esprit, pour quelque raison qui m'échappe :

Au marais, marigot, ma mie,
Que sont devenus nos amis ?
Au marais, marigot, sais-tu
Que sont nos amis devenus ?
Mon homme, ils dansent comme poissons
Et à jamais ils danseront
Par le joli courant portés
Au fond du marigot, marais.

Le premier nom était celui de F***. Suivaient ceux d'Amid Al-Kaharnif, d'Oxana Fedorovna, d'Anne Laërce et d'Eden Coco. Je rayai les noms des deux disparus. J'avais du mal à respirer. Restaient Amid, Anne et Eden. Il ne s'agissait pas d'étudiants, ce qui éviterait peut-être que la police ne fasse le lien entre les cinq morts et ne remonte jusqu'à moi. Je courus jusqu'au bureau des étudiants et suppliai Purple, un jeune gothique de bonne famille, de me laisser utiliser la ligne téléphonique mise à disposition des élèves : c'était une question de vie ou de mort. Après m'avoir toisé d'un œil glacial et surmaquillé, il me tendit le téléphone.

En me faisant passer pour un journaliste d'art, j'appris de sa sœur cadette qu'Amid Al-Kaharnif, un architecte iranien de séjour à Paris, avait disparu en mer au large des îles Ombilicales. Son corps n'avait pas été retrouvé et les recherches étaient suspendues. Il ne faisait aucun doute qu'il s'était jeté à l'eau : sa disparition avait eu lieu le jour de la mort de F*** et d'Oxana. Je pouvais parier qu'il avait sauté dans les eaux bouillonnantes mon tableau à la main ; je rayai son nom de ma liste. Sa jeune sœur, hélas, était convaincue qu'il vivait encore – « il est excellent nageur et connaît les courants ». Je n'eus pas le cœur de la décourager. En raccrochant, j'avais dans la bouche un goût de rouille et de beurre tiède ; je crus une seconde que j'allais m'évanouir. Amid, selon le registre, avait acheté *Consécration*, une grande toile peinte à la gouache, au plumet et à la poudre d'algue, qui représentait la crucifixion du vieil Amédée sur le tronc rouge du chêne liégeois.

Anne Laërce, elle, était vivante : elle répondit à mon appel d'une voix vigoureuse, saine et rigolarde. Je respirai un peu. Je finis par me souvenir d'elle : une petite femme joufflue aux lèvres humides qui passait son temps à réajuster son chapeau en tulle d'Autriche. Je prétendis être un spécialiste de l'œuvre de Clovis Cardinaud.

— Je ne connais pas cet artiste, me dit-elle. C'est un cinéaste ? Peut-être un écrivain ?

— C'est un peintre. Selon mes recherches, vous avez acheté l'un de ses tableaux lors d'une exposition à l'école des Hautes-Œuvres – la toile s'appelle *Danse du rat sous ciel d'os.* Est-elle toujours en votre possession ?

— Ah oui, j'ai effectivement acheté une toile récemment, un peu par hasard. Je ne connaissais pas le nom du peintre. Vous êtes un spécialiste, vous dites ? C'est curieux, il avait plutôt l'air d'un amateur. Un débutant, en tout cas, très jeune. J'ai simplement acheté le tableau parce qu'un personnage, une vieille dame à l'air mauvais, ressemble trait pour trait à ma grand-mère. Ça m'a amusée et le tableau ne coûtait rien. Mais pour vous répondre, je n'ai plus la toile : je l'ai oubliée dans le métro aérien, le soir de l'exposition. Quelqu'un l'aura sans doute trouvée ; on la rapportera peut-être.

Je raccrochai. Un tableau égaré. C'était inévitable : un inconnu, quelque part en ville, l'avait trouvé et s'était tué, à cause de l'étourderie d'Anne Laërce – à cause de ma peinture. S'était-il jeté sous les rails de la station Tolstoï ? S'était-il pendu, chez lui, emportant dans son œil écarquillé l'image de Phéodora fauchant le saint houblon ? Je ne le saurais jamais. Je rayai de la liste le nom d'Anne Laërce.

Restait Eden Coco. Quel nom grotesque. Sans doute celui d'un mort. J'appris en composant son numéro qu'il s'agissait d'un pseudonyme : sous le nom d'Eden se cachait en réalité Bismark, le célèbre *performer.* Le créateur du *cut art*, qui, en s'amputant bras et jambes lors d'une performance, avait fait de son corps une bûche de chair, m'avait donc acheté une toile. Selon le registre, il s'agissait du tableau *Les Châtiments de tante Minh (Six saisons au verger)*. Je n'en revenais pas. Le grand inventeur de formes, amateur de figuratif ? J'appris que Bismark était vivant et séjournait paisiblement à l'hôtel Pie XII. Pourquoi n'avait-il pas connu le même sort qu'Oxana, Amid et les autres ? On me fit savoir que l'artiste souhaitait me rencontrer. Moi ! De longs frissons parcouraient mon corps, me rappelant les pulsations des sangsues électriques et des oursins grelots que Phéodora me plaçait le long de la colonne vertébrale pour atténuer les tortures de la maladie du plâtre. Mais ces frissons-là étaient frissons de joie ! Surexcité, fou d'impatience, je trépignais comme un gamin. Était-ce là ma chance ? Bismark serait-il mon mentor, mon passeport pour le monde des arts ? Avait-il vu en moi quelque chose ? Avais-je, après tout, du talent ? Ma peinture était tout de même assez puissante pour pousser au suicide ; cette idée affreuse aurait pu me faire éclater de fierté. Le lendemain de mon appel, on me fit envoyer une longue limousine blanche, qui me conduisit au cœur du luxueux quartier des Jésuites. Intimidé, à l'étroit dans mon costume de lambe et mon pantalon à rouvières tressées, j'allais à la rencontre de l'un des artistes les plus en vue du pays, sans imaginer que je m'apprêtais à croiser un fantôme de mon passé, une furie faite homme, celui qui arrachait les cornes aux boucs bleus du domaine, incendiait les champs de truffes et persécutait les faunes : mon vieil ami Yohan.

L'hôtel avait été bâti sur les ruines de l'ancienne prison des Justes, au lendemain de la grotesque révolution des Fiacres de juillet 1827, dont Chateaubriand décrit avec une certaine drôlerie les errements et les contradictions dans ses *Mémoires d'outre-tombe* (livre quarante-quatre, Éd. Pf., p. 241 à 344). Si la façade du bâtiment était assez banale et sans éclat particulier, son entrée grandiose, très influencée par le style innaturaliste de Max Frenzi, regorgeait de beautés. Mais sa réputation venait avant tout de son escalier central, un chef-d'œuvre de l'architecture slave, typique du mouvement des Jeunes Crabes de Leipzig, avec ses longues marches ondulantes en craie de Bern, ses rampes d'acier trempé et son discret virage loup-de-sel. L'escalier était couvert d'un délicat tapis de lichen qu'un lustre monumental orné de papillons luisants arrosait d'une lumière veloutée – les papillons avaient été dressés pour accompagner les convives pendant leur ascension ; étincelants, ils se détachaient du lustre en petits nuages radieux, escortaient les hôtes ébahis, avant de revenir à leur poste attendre le prochain convoi. Ils faisaient la fierté de l'établissement depuis des générations. On les surnommait les « chaperons ardents ».

Un majordome dont je ne parvins pas à distinguer le visage (ses employeurs lui donnaient sans doute la consigne de se faire discret jusqu'à l'invisibilité) me conduisit dans les étages. Nous parcourûmes des méandres de couloirs, croisant sur notre parcours quelques Coréens émerveillés, une bande d'avocats en robe, hilares et manifestement ivres, une jeune chanteuse à la mode dont le nom m'échappait, qui discutait de théories de la spéculation avec son agent, et un ancien ministre que je pensais en cavale. Finalement, nous empruntâmes un couloir différent des autres, moins lumineux, plus discret, qui nous conduisit tout droit à la plus grande suite de l'hôtel, la suite Léopoldine, ainsi nommée parce que Victor Hugo y avait fait parfumer et maquiller la dépouille de sa fille, avant de la faire enterrer au petit cimetière des Blancs-Manteaux (il se dit que les frères Goncourt avaient assisté à la scène en pouffant). En arrivant devant la porte de la suite, une petite porte en bois de chaume, finement nacrée, modeste et de grand goût, je m'aperçus que le majordome avait disparu ; j'étais seul. Devais-je frapper ? La porte était entrouverte ; je la poussai légèrement. « Entrez, Clovis, n'ayez pas peur, dit une voix douce, chantante. Nous vous attendions. »

Baignant dans la lumière coquelicot de l'aurore, le salon d'honneur était superbe. Mais je ne remarquai ni la moquette de Shetland, ni les tapisseries syriaques, pas plus que les plafonds ivoirés et les fauteuils Voltaire. Je ne voyais que Bismark. Rien ne prépare à des choses pareilles. On pense être solide, avoir de l'estomac, on a vu les images, mais on n'a pas idée de ce qu'est la grande difformité. Bismark était un morceau d'homme. Vêtu d'une espèce de short de natation et d'un petit gilet tuilé, il était allongé, si l'on peut dire, sur un immense coussin blanc en forme de coquillage. Il m'accueillit avec un sourire éclatant et je fis de mon mieux pour ne pas quitter son visage des yeux, pour ne pas regarder l'absence de ses bras, l'absence de ses jambes, toutes ses amputations. Je tentai de chasser de mon esprit l'image de cet énorme lombric rosé que j'avais un jour écrasé près de la ferme des Mille-Sang et qui, sous la pression de ma semelle de crêpe, avait explosé en laissant échapper un épais jus blanchâtre et un bruit de succion. Je lançai un « Salut » nonchalant, tâchant de camoufler l'effroi que provoquait chez moi ce corps tronçonné, de la taille d'un enfant, ce bébé monstre étendu sur son coussin douillet. J'avais envie de m'enfuir, de m'arracher une poignée de cerveau pour extraire cette image. J'aurais aimé avoir le cœur plus dur ; je n'étais, face à lui, qu'un gamin terrorisé. Bismark continuait de sourire, me toisant d'un regard clair, frappant d'intensité. Il flottait sur son visage quelque chose de très doux. Il avait cet air calme et rayonnant que l'on trouve parfois chez les croyants les plus fervents et chez certains meurtriers. Du menton, il pointa l'immense baie vitrée, par laquelle nous éclairait un ciel illimité, un ciel dégoulinant de lumière que traversaient sans grâce des nuages balourds. L'artiste me dit d'une voix caressante :

— Voyez ces nuages dorés, Clovis. Ces nuages massifs. Hypermassifs. Voyez comme ils glissent. Ne les croyez pas paisibles. En réalité, ils se pourchassent pour s'entre-dévorer. *Nebula sicarius*. On a découvert bien des choses sur eux. Et récemment, encore. Ils se livrent bataille. Lisez Kaneda Matsigoshi. La loi de la prédation étendue. Les nuages s'écharpent.

Il parlait lentement, par petits à-coups, choisissait ses mots avec soin, comme s'il cherchait la plus grande exactitude. Autour de lui circulaient en silence des dizaines de silhouettes d'assistants, de photographes, de communicants, d'avocats, de mécènes. Mais Bismark ne prêtait attention qu'à moi, et à ses chers nuages.

— Il y a là-haut des forces immenses. On en sait un peu plus, aujourd'hui. On a appris que les nuages produisent un sifflement avant d'éclater en gouttes de pluie. Un sifflement léger, mais audible. Les oiseaux peuvent l'entendre. Il y a mieux. On a observé une nouvelle espèce animale. Des parasites à foudre. *Fulgurophages*. De minuscules organismes qui grouillent dans les éclairs et se nourrissent de leur énergie ; la sucent, s'en empiffrent jusqu'à en exploser. Ils naissent et meurent ainsi, dans une espèce d'orgasme électrique. On ne sait pas comment ils se reproduisent. Ils surgissent et disparaissent, voilà tout. Je les admire beaucoup. Leur vie ne dure qu'une fraction de seconde – un trillardième de seconde, exactement. On appelle cela une zeptoseconde. C'est ainsi que l'on compte aujourd'hui, en zeptosecondes. La science moderne, en regardant tout à la loupe, pose sur les choses un voile de mystère et de sauvagerie. Des nuages prédateurs, le sifflement de la pluie, des sangsues électriques. Tout cela n'est-il pas génial ?

Je regardai les nuages, au-dessus des habitations. Bismark devait avoir raison. Malgré leur air placide et endormi, ils se poursuivaient, s'attaquaient, s'avalaient, lents et pachydermiques. Ils étaient mus par une rage molle et répondaient eux aussi à l'ordre scandé par l'univers : « Battez-vous. » Une femme aux pieds nus qui portait un pantalon de lin et un chemisier Jian-Taï vint poser un baiser sur le front de l'artiste. Elle lui murmura quelque chose à l'oreille avant de s'éloigner, avec un petit rire joyeux. Elle avait l'air de flotter au-dessus du sol.

— Cher Clovis, reprit Bismark de sa voix mélodieuse, pardonnez-moi : lorsqu'une chose me passionne, on ne peut plus m'arrêter. Je dois contenir trop de mots : qu'on m'agite, et je cause. Enfant, on m'affublait souvent d'une petite muselière. Ma mère l'appelait « la sourdine ». Je ne lui en veux pas. Je comprends ça très bien. Je comprends toutes sortes de choses, Clovis, toutes sortes de comportements.

— Tu es le plus fin psychologue qu'on puisse imaginer, dit en passant un drôle de type qui portait une espèce de toge et trimbalait deux longs guerriers massaï en plâtre, qu'il posa contre une fenêtre avant de sortir en se frottant les mains.

Bismark eut un petit claquement de langue. Il planta dans les miens ses grands yeux vert anis, des yeux troublants, limpides, d'une acuité désagréable, qui semblaient vous traverser. Il avait cessé de sourire.

— En 1887, dit-il, la petite ville de Saint-Pétris-les-Mines, au nord du pays d'Urdier, a été le théâtre d'une épidémie de suicides, qui a emporté près d'un tiers de sa population. Des enfants, des vieillards, plusieurs jeunes tisseuses, le maire, trois acrobates… Aucune famille n'a été épargnée. On fit venir des mages, des curés, des savants. Certains d'entre eux se tuèrent, les autres s'enfuirent. Personne n'a jamais su expliquer les raisons de ce fléau. Au bout de six mois, sans que l'on comprenne pourquoi, l'épidémie a pris fin. Puis le temps a passé. On a fini par se convaincre qu'il ne s'agissait pas de suicides, mais de crimes ; un assassin devait avoir frappé. Et puis l'année dernière, un collectif de techtologues amateurs a découvert des bulles de propane fossilisées dans les marais de Saint-Pétris ; on sait aujourd'hui que les suicides de 1887 ont été provoqués par les émanations des marais, dont le taux en particules de nitrate de sodrure était alors prodigieux. Ces particules peuvent dans certaines configurations stimuler les alvéoles du cortex inférieur qui produisent les pulsions morbides. En d'autres termes, elles désinhibent l'envie de suicide.

Il s'interrompit brusquement. Derrière lui, un lampadaire à énergie statique émettait de petits éclairs violets.

— Venons-en à votre œuvre, mon cher.

— Monsieur Bismark…

— Je pense souvent à Oxana, Amid et les autres. Ils ont appris ce qu'est la puissance de l'artiste, n'est-ce pas ? Il leur a fallu comprendre que l'art n'est art que s'il est dangereux. Si l'on n'en sort pas indemne.

— Je ne suis pas certain que…

— Voulez-vous savoir, jeune homme, comment j'ai réchappé à votre talent ?

Quelqu'un vint rehausser l'assise de l'artiste, qui commençait à glisser sur son coussin. Il n'y prêta aucune attention.

— Eh bien, à votre avis, par quels moyens un homme comme moi pourrait-il se tuer ? Je n'en ai pas trouvé. Comment se pendre, s'immoler, s'empoisonner, se poignarder sans mains pour le faire ? Comment, sans jambes, se jeter dans le vide ? Croyez-vous que j'aurais pu rouler jusqu'aux falaises de Lestac ?

Un jeune homme éclata de rire, derrière Bismark. Ou peut-être était-ce une femme. Il y avait dans ce rire de l'angoisse rentrée – l'inquiétude du courtisan.

— Pas de suicide pour les hommes-troncs. *Mortuus empedicare*. Pourtant, en contemplant votre toile, en me blottissant contre elle, j'ai été englouti par un invraisemblable désir de mort. Une attraction irrépressible, dévorante. Comme l'homme sujet au vertige est appelé par le vide. Ça s'est rué en moi, dans mes os, sous ma peau, quelque chose de vorace, mais de doux, aussi, d'accueillant, une force terrible et réconfortante. Mourir semblait être un pont vers un endroit chaud et tendre. J'avais la certitude qu'en me tuant, je pourrais *entrer dans le tableau.* Y vivre, y disparaître. Et c'était mon souhait le plus cher. Il y avait là quelque chose d'infiniment pur, d'infiniment beau. J'étais comme avalé par le sublime.

Une femme de petite taille en fuseau de cuir rouge glissa une Melbourne mentholée entre les lèvres de l'artiste, qui en tira une bouffée. Bismark, les yeux mi-clos, avait l'air de penser mille choses à la fois ; comme s'il accédait à des idées intelligibles de lui seul.

— Votre tableau m'a crié : « Meurs. » Il m'a chanté : « L'aurore est là, derrière la vie. Meurs et deviens. » Je n'ai pas su lui obéir. *Rebellis involontarius.* J'ai réchappé à votre toile, mais j'y ai perdu mon meilleur masseur : au beau milieu d'une séance d'huilage qui se déroulait sous le tableau, Bertold s'est subitement jeté dans la cheminée royale du living, où il a flambé sans un mot. Je l'ai regardé crépiter jusqu'à la braise. Je ne pouvais rien pour lui. Jamais je n'oublierai cette odeur de paon frit et d'huile de neige. Regardez, derrière moi, au-dessus du vaisselier berbère…

Mon tableau était accroché là, immense, comme une enflure rouge et ocre sur le mur en pierre de jonc. C'était une de mes toiles les plus ambitieuses, une fresque baroque à mi-chemin entre le *Crusivere* d'Antioche et les *Ferveurs omeyyades* de Jean d'Ambre-Jabert. On y voyait six représentations de tante Minh, suppliciée par le fouet, le pic, le clou, le sel, l'écorce et l'ombre, acclamée sous un ciel en feu par une multitude de vicaires avinés – en réalité, le jour dit, les vicaires n'étaient que six, mais la construction de la toile exigeait cette prolifération de prélats.

— J'ai découvert votre secret, Clovis : les algues, continua Bismark, tandis qu'Udo, un type costaud et impassible, l'installait dans son harnais ventral – qui ressemblait à s'y méprendre à un porte-bébé. Les algues noires. Celles que vous utilisez pour créer vos couleurs. Ce sont elles qui précipitent vos spectateurs dans le suicide. J'ai fait analyser la toile. Il a fallu s'y reprendre à quatre fois, tant les résultats semblaient délirants : elle est gorgée de nitrate de sodrure, à des taux déments. Votre tableau frôle la radioactivité. J'ai dû le faire couvrir de verre piqué pour en supprimer l'effet. Il y a là une puissance terrible. Où avez-vous trouvé ces algues ?

Je serrai les poings à m'en faire sauter les ongles. Ce n'était donc pas mon talent qui tuait. J'étouffais de déception. J'avais la sensation de me désagréger.

— Dans les eaux vaseuses de la Grave, répondis-je, au pied de la montagne naine d'oncle Anatoli.

Le regard translucide et inquisiteur de Bismark, qui pendouillait maintenant du ventre d'Udo, ne me lâchait pas ; sous ce projecteur, je me tordais de honte ; je voulais disparaître, ficher le camp, devenir aussi invisible que le raton de Papy Pépin. J'aurais dû y succomber, moi aussi, à ces algues maudites. J'aurais dû me planter un pinceau dans la tempe lorsque je peignais ces toiles. Mais non. J'avais sans doute assimilé le mal, développé des résistances, du fait de l'exposition constante. Après tout, j'avais été conçu, mis au monde et élevé sur les terres irradiées du domaine – ce qui explique que chaque année, à l'arrivée des beaux jours, des morceaux de molaires et des fragments d'oreille apparaissent dans la chair de mes cuisses, avant d'en être expulsés par de dégoûtants boutons.

— Clovis, j'ai beaucoup d'admiration pour vous. Ce n'est pas un sentiment auquel je suis habitué. J'ai su faire preuve d'un certain engagement dans ma pratique de l'art. On peut me le reconnaître. À quinze ans, j'ai exposé mes calculs rénaux à la Biennale de Vence ; à vingt, j'ai subi une vasectomie sur la scène du Théâtre national d'Orléans ; à trente, j'ai fait palmer mes doigts et teint mon sang en vert. Je me donnais à l'art. Mais c'est avec *Tronc II* que j'ai ouvert grand les portes. L'amputation de tous les membres comme acte de libération. Comme résistance. Retrancher quelque chose au monde, quand tous les artistes transpirent pour y ajouter leur petit machin. Je tenais là mon chef-d'œuvre. Je prêtais à ce geste une puissance terrible. C'était une telle aberration, une telle liberté. Je me prenais pour l'Antéchrist. Je pensais faire muter les consciences. Implanter dans les esprits des pensées neuves et inacceptables. J'espérais que par un effet de tuilage et d'induction médiatique, mon œuvre aboutirait à des mouvements politiques, des attentats, des soulèvements. J'imaginais des guérillas d'un nouveau genre, des drogues éblouissantes, des messies plein les rues. Je voulais poser un acte antihumain qui transformerait l'espèce. *Tronc II* était un projet de révolution.

Au-dessus de nous, les nuages déchiquetés ressemblaient maintenant à d'immenses champignons nucléaires, comme si le ciel entier se faisait bombarder. Bismark avait l'air vieux.

— Pourtant, la révolution n'a pas eu lieu et *Tronc II* n'est qu'une performance parmi d'autres. Un petit scandale d'artiste. Mais vous, Clovis… Avec vos toiles grotesques, vous avez défoncé tous les murs de toutes les cathédrales. Vous ne comprenez rien à la couleur, vous ne maîtrisez pas vos perspectives, mais vous êtes si radical… Tuer avec une œuvre, c'est une idée bouleversante. Intoxiquer le public. Vous avez osé mettre l'art plus haut que l'homme ; la vie plus bas que l'œuvre. Un scandale authentique. Vous avez fait plus fort que moi. Et cela, sans même avoir à souffrir. Sans vous désosser les chevilles, vous tatouer les pupilles ou vous brûler les dents. Pardonnez-moi, mon cher, mais je crois que je vous envie !

Penaud, la tête basse, j'expliquai à Bismark qu'il faisait erreur. Je n'avais voulu tuer personne. Tout cela n'était qu'une suite d'accidents. Je n'avais à offrir que mes toiles grotesques. L'artiste me toisa de ses yeux brûlants, dont le vert virait au jaune. Il hésita quelques instants. Son visage était agité de toutes sortes de petits frémissements.

— Donc… Si je dois vous croire… Cette idée d'empoisonner le public… Elle est libre, en quelque sorte…

— Prenez-la. Faites-en ce que vous voudrez.

Il eut un sourire d'ange.

— C'est dit ! Alors évitez mes prochaines expositions, Clovis. Tenez-vous loin de mon art !

J'allais tourner les talons, mais j'étais tout de même curieux :

— Pourquoi avoir acheté la toile ? Vous ne connaissiez pas ses… propriétés, à l'époque.

— Oh, c'est ce cadre en roche alvéolée. Il est superbe. Je pensais le réutiliser pour un mobile que m'a commandé le Musée inquisiteur de Palerme.

Quelques heures plus tard, un petit nuage rouge sang roula dans le crépuscule et vint se refléter sur l'immense baie vitrée de la suite Léopoldine. J'ignore si Bismark a pu le voir. C'était un nuage compact, sombre et vorace, un vrai petit caillot, dans lequel grésillaient des lueurs de foudre. De cette beauté pourpre et suspendue, j'étais le créateur. Je considère d'ailleurs ce nuage, cet *altostratus* cramoisi, comme ma seule véritable œuvre d'art. En sortant de l'hôtel Pie XII, dans un état de semi-lucidité, je m'étais précipité à l'école des Hautes-Œuvres pour y récupérer les dizaines de toiles que j'y entreposais. Il fallait à tout prix détruire les pièces à conviction. Je n'eus pas de meilleure idée que de les charger dans une vieille charrette et de me précipiter vers le fleuve – il y aurait probablement peu de monde. Quai Marat, j'entassai à la hâte les tableaux dans un petit bateau-remorque abandonné rive droite et les aspergeai d'essence. J'y jetai un vieux briquet italien, un

Perucci en nacre. Les flammes bondirent vers le ciel, longues et insatiables. La coque grinça sous la chaleur. Puis il y eut un craquement et le rondin moisi sur lequel étaient fixées les amarres se désagrégea. Lentement, poussé par les courants, le bateau s'éloigna de la rive.

Le brasier fut dantesque. Dans le soir qui tombait, les flâneurs accoudés au parapet du pont Gogol purent admirer la barque enflammée qui glissait sur le fleuve comme un bûcher funéraire. L'image était biblique. On entendit quelques applaudissements. Je voulais conduire une expédition brève et discrète, mais j'avais sous-estimé la rage de l'incendie. Lorsque les pompiers municipaux déversèrent des litres d'eau sur les flammes, une épaisse fumée jaillit, une fumée moutonnante, remuante, comme une forêt dansante, qui dégageait une affreuse odeur d'ammoniac et de viande. Les badauds toussèrent, certains s'enfuirent ; on en vit quelques-uns s'évanouir. La barque vomit des kilos de cette fumée âcre et toxique, qui refusait de se dissiper, brouillait tout, et dont les particules, excitées par la dépolarisation, s'agrégèrent et finirent par s'élever dans le crépuscule pour former à une centaine de mètres du sol une sorte de poche pourpre, très dense, très compacte. Comme une boule écarlate. C'est ainsi qu'en pleine ville, au-dessus d'un fleuve en feu, on assista à la naissance d'un nuage. Un nuage rouge, splendide, qui, soulevé par les vents horizontaux, s'éloigna doucement et accosta le ciel. Dans la nuit qui naissait, on aurait dit un aéronef d'enfer.

Je suis convaincu que ceux qui ont contemplé la scène ne l'ont jamais oubliée. Moi-même, j'y repense parfois. Peut-être aurais-je dû creuser l'idée et renouveler l'expérience ; devenir compositeur de nuages. Il y avait là sans doute des possibilités énormes, toutes sortes de textures, de couleurs et de combinaisons. Une nouvelle forme d'art. Mais ce soir-là, je n'avais qu'une idée en tête : jeter au feu mes rêves de créateur. Détruire tout ce que j'avais fantasmé, une bonne fois pour toutes. Je n'étais pas un artiste et j'avais perdu assez de temps à tenter de me convaincre du contraire. Dans la fournaise, j'envoyai mes illusions, mes ambitions et mon adolescence. Dans la fournaise, aussi, mes souvenirs d'enfance. Tout ce qu'il restait en moi du domaine des Douves, je profitai du brasier pour m'en débarrasser. Avec lucidité, presque avec froideur, je me purgeai de mon passé. Au feu les parties de frile-faisan à la tombée du jour, les matins de colère sous le four à ténèbres, le chant de la glycine, le rire méchant de Pauline III, les interminables leçons de bienséance de tante Clara, les épisodes de temps boiteux, les machines tristes de Pépin, les soupes à l'aiguille et aux cailles fanées, les prophéties indéchiffrables de Bertille, les cadavres de parachutistes qui s'entassaient dans les branches des érables liégeois, la chasse aux damnés deux fois l'an, les hurlements d'effroi déformant le visage de ma mère, les baisers de Léa sous le coquelicotier, les semaines au bas-cachot et l'alcool de flétan. Aux braises, tout cela. Sans ciller, je faisais table rase.

Autour de moi, la ville retrouvait doucement ses traits. La fumée dissipée, on en reconnaissait à nouveau la face sèche et brutale. L'odeur de brûlé était devenue supportable et le nuage écarlate avait disparu dans la nuit. On respirait. Un peu plus loin, juste avant le pont Tchekhov, les pompiers et la police fluviale attachaient la barque calcinée à un ponton de la rive gauche ; il n'y avait personne pour me soupçonner. Une vague de fatigue s'abattit sur moi et je dus m'asseoir un instant sur le bord du quai, pour retrouver mes esprits. Une tension s'était envolée, qui me laissait K.-O. J'avais envie d'une cigarette. Les pieds dans le vide, je regardai un instant mon reflet dans les eaux sales du fleuve. Le clapotis de l'eau empêchait mon image de se fixer. Assaillie de vaguelettes, elle dansait, insaisissable, à la surface. Le reflet de mon visage oscillait, cherchait sa forme. Un visage sans contour. Indéterminé.

S'il avait dû me décrire, Papy Pépin aurait dit : « Clovis me rappelle un peu mon père, avec son menton en biais et ses yeux tombants. Oui, il a les joues creusées de Jonas, son gros front de Neandertalien, ses cheveux clairs. C'est un garçon sage. Il a toujours l'air concentré, absorbé dans ses réflexions. Il a quelque chose de sombre. Je me demande s'il n'a pas des problèmes gastriques. En général, les gens qui ont la mine sérieuse digèrent mal. Les notaires, les imams, les lieutenants. Ils ont des renvois terribles et d'affreux maux d'estomac. Les dictateurs ont les tripes dévastées et s'empiffrent de bromure. Lénine, Salazar, Böritz. Il n'y a pas d'exception. Clovis devrait manger davantage de poisson. Des feuillages. J'aime beaucoup ce garçon. »

Phéodora aurait grommelé : « Un gamin est un gamin. Décoiffé. Les ongles sales. Qu'est-ce qu'on en pourrait dire de plus ? C'est vrai que celui-ci braille un peu moins que les autres. Cogne un peu moins. Mais il renifle. Il reste planté dans les allées, éberlué, comme s'il attendait une catastrophe. Il ne réclame jamais rien. Il se tait. Il attend. Patient comme un veau. D'ailleurs, il y ressemble, à un veau. Un veau velu d'Oguelac. Avec son nez plat, ses gros yeux. Un jour, je l'ai surpris qui se tripotait dans les plantes basses. Un gamin est un gamin. »

Bertille, elle, aurait soufflé : « Clovis sait capter les choses, les vibrations. Il cligne des yeux très vite. Je pense qu'il peut sentir les nœuds d'énergie, la matière neutre et les ondulations, mais il ne l'avouera jamais. Il dessine magnifiquement. Personne ne s'y intéresse. Il aime rester seul et observer les phalènes qui dévalent le lac penché. Je me promène souvent avec lui dans les chemins de magma. Nous ne disons trop rien. Clovis est laid. Avec beaucoup de puissance. Un long visage en désordre. Anguleux. Presque jaune. Le type mérovingien. Souvent, lorsque je parle aux autres, lorsque je m'emballe et me rends ridicule, il me regarde avec compassion. Presque avec pitié. Ça ne me gêne pas. Il souffre pour moi. »

Hilke de Moureville aurait dit, de sa voix de flûte : « C'est un faible. Avec ses petites manières délicates, ses mains fines, ses grands airs, il ne comprend rien à rien. Je pense qu'il a du retard. Dans le village où je suis née, Herköm-Tozor, on répartit les enfants en trois catégories le jour de leur dixième anniversaire, en fonction de leurs aptitudes : il y a les oies, les taupes et les chenilles. Leur vie tout entière dépend de ce classement – leur métier, leur fortune, leur mariage… Ce Clovis aurait été rangé parmi les oies, avec ses rêveries et son regard stupide. À Herköm-Tozor, on en aurait fait un sous-pâtre ou un guetteur d'orages. »

Si on lui avait demandé de me décrire, ma mère se serait ruée dans les caves pour hurler dans la paille et griffer le visage de ses poupées crevasses.

Cléo-l'Ange, cette chère Cléo-l'Ange, aurait dit : « Clovis ressemble un peu à Bibi Fredaine, le petit agneau dans *Croquinette et Mijotin*. Le même visage de travers. Le même air étonné. Quand on joue dans la mare de suif, il se tient sur le bord et nous regarde avec ses grands yeux brillants. Comme s'il enregistrait. Il ne participe pas aux disputes ni aux rigolades et ne répond pas aux insultes. Il reste en dehors. Comme un spectateur. Un touriste. Je le surnomme Moucheron. C'est que le moucheron est si léger qu'il ne laisse pas d'empreinte. Je l'ai lu dans un livre de Phéodora. Lorsqu'il se pose sur le brin d'herbe, celui-ci ne plie pas. Il n'a aucun poids, pas la moindre influence sur le monde. Un jour d'été, fin thermidor, les vierges du domaine ont organisé une grande partie de cache-momie dans les bosquets sanglants de Modergue. Cette après-midi a été délicieuse. Nous nous sommes amusés comme des fous et sommes rentrés vannés. Il a fallu neuf jours avant que quelqu'un se rende compte de l'absence de Moucheron. Il était resté là-bas. Nous sommes partis le chercher en catastrophe. Il était toujours caché dans son buisson de cire, dont il tétait les branches sucrées. Ses yeux étaient pleins de colère. Il n'a pas semblé particulièrement fier d'avoir gagné la partie. »

Dans le fleuve, le reflet de mon visage restait trouble. Les eaux bouillonnaient et mon image continuait de trembler, indéfinie, à la surface. Elle s'enroulait dans les remous, explosait en miettes de lumière, vacillait, se recomposait une seconde, avant de s'éparpiller de nouveau, pulvérisée par les ondulations. En face de moi, un visage introuvable.

Le cri étranglé d'un vieil albatros me tira de ma rêverie. Quelle heure pouvait-il être ? La nuit était bien avancée. En face, sur la rive gauche, la silhouette longue et menaçante de la tour Saint-Martin surplombait la ville. Écroulée par endroits, sa structure gothique, morbide et noircie par le temps, était superbe. On aurait dit un corbeau planté dans le cœur de la cité. J'ai toujours aimé les ruines. Elles ont quelque chose d'apaisant ; comme un rappel à l'ordre. L'architecte de la tour, Louis Joncquière, disait d'elle qu'elle était le « premier cimetière vertical ». On apercevait dans la nuit ses alvéoles de pierre noire qui accueillaient les dépouilles des plus beaux esprits du Maître Siècle : madame d'Hauteclaire, Phildouin le Sage, les frères Capedougnier, plusieurs centaines de corps illustres reposaient là, empilés dans les ténèbres de la ruche. Je regardais les flancs immémoriaux du monument, funèbres et silencieux, sur lesquels se réverbéraient les lumières artificielles de la ville nouvelle. Malgré son allure sinistre et redoutable, la tour semblait fragile, vulnérable.

Il était temps de rentrer. Alors que je montais en rêvassant les escaliers crasseux de la passerelle Tourgueniev, un rire éclata dans le soir. C'était un rire tendu, agressif, qui résonnait sur le pavé des quais. Comme un hoquet brutal suivi d'un petit couinement. Il me semblait le reconnaître... Ce ricanement sans joie, un peu forcé... C'était le rire de Yohan. Note pour note, le même. Se pouvait-il qu'il fût ici ? Mes mains recommencèrent à trembler. Je ne parvenais pas à identifier la source du rire. Il se mêlait aux pépiements des mouettes, courait sur la berge, filait sous le pont Gorki, perçait les brumes bleutées du fleuve, rebondissait contre les fortifications du palais byzantin, semblait venir de partout à la fois, du ciel, des rues, des eaux, il emplissait la nuit entière. D'où venait-il, bon sang ? Je distinguai, au loin, sur l'autre rive, une silhouette d'homme, immobile. J'en eus la chair de poule. Je dis « Va-t'en ! Laisse-moi ! » et tournai les talons. On me vit traverser d'un pas pressé les petites ruelles pavées du quartier médiéval, l'avenue de la Léproserie, la place des Carnes, la passerelle des Bourreaux. De quartier en quartier, de rue sombre en jardin désert, je m'enfouissais dans le ventre de la ville, jetant des coups d'œil par-dessus mon épaule pour m'assurer que je n'étais pas suivi. Après des heures d'errance, je finis par rentrer, m'effondrai dans mon lit et sombrai dans un sommeil mauvais, entrecoupé de cauchemars. Je rêvai du domaine, de l'eau charbonneuse qui montait dans les douves, d'une main fine et boueuse tentant d'agripper la rive, d'une gorge pleine d'eau. Plusieurs fois, je me réveillai en sursaut, le cœur battant, convaincu d'avoir à nouveau entendu le rire de Yohan, ce rire infect et grinçant. J'attendais que le matin me délivrât de ces horreurs.

Les mois suivants, je mis de l'ordre dans ma vie. Grâce à Le Blair, un modèle qui posait souvent à l'école des Hautes-Œuvres et avec lequel j'avais sympathisé, je trouvai un petit boulot de copiste dans une boutique de souvenirs de la rue des Trois-Sœurs. La patronne, qui payait bien, me demandait de produire deux toiles par semaine. Tantôt des Van Gogh, tantôt des Picasso, parfois des Gauguin, *La Joconde* jusqu'à n'en plus pouvoir, beaucoup de Monet et quelques Clico – Clico était mon préféré, j'adorais retrouver ses lumières brûlantes et son trait narquois, surtout *L'Ombre déportée (étude 7)*, et bien sûr *Croix sans Dieu.* Je travaillais sans relâche dans l'atelier de la boutique, huit heures par jour, silencieux et concentré. J'aimais cette tâche minutieuse ; j'aimais qu'elle soit répétitive. Suivre les instructions. Trouver le geste. Me débarrasser de toute créativité, de toute prétention. Exécuter. J'étais un artisan, ce qui me rendait fier. Le soir, satisfait, avec la sensation du travail bien fait, je rentrais chez moi à pied, en longeant le parc Serpolet. Et de temps en temps, à la nuit tombante, lorsque les ombres des frênes sauvages semblaient griffer le trottoir, le rire revenait. Il tintait dans la nuit, comme un glas malicieux, courait le long de mes os, crissait sur ma peau, résonnait dans tout mon corps. Le plus souvent, je prenais mes jambes à mon cou et rentrais, terrorisé, me cacher sous mon oreiller ; parfois, les jambes coupées, je restais immobile, incapable de bouger, attendant que le rire passe. Et toujours il passait. Pour revenir, toujours.

Lorsque, par une nuit de juin, après avoir embrassé pour la première fois Marianne en face du café des Deux Lunes, je longeai en rêvant les allées Magenta, je l'entendis coasser ; quelques mois plus tard, il éclata au beau milieu de la messe d'enterrement de Le Blair, qui était mort en huit jours, l'estomac dévoré par une prolifération de bacilles de bigorneaux ; le rire, encore, lorsque je signai avec le musée de la Pénitence mon premier contrat de restauration d'un tableau ; le rire, toujours, des années après, vint me chercher au plus profond de mon sommeil, alors que je passais ma première nuit dans la petite maison de Clichy. Où que j'aille, il m'accompagnait. Dans le souk de Thalès, près des mines de poivre blanc d'Orbade, dans la steppe rouge du Tiberstan, il revenait, inlassable, danser à mon oreille. Comme un petit diable sur mon épaule. Il était l'émissaire que m'avait envoyé le domaine pour se rappeler à mon souvenir. Pour me dire : « Tu ne m'échapperas pas. »

Et puis avec le temps, progressivement, le rire s'est fait plus rare. Ses assauts se sont espacés. Je l'entendais de temps en temps, de moins en moins. Il était plus faible, moins brutal, et s'estompait plus vite. Je crois qu'il avait cessé de me faire peur. L'étau s'était desserré. Un matin, alors que Martin Granut, un collègue, éclata d'un rire méchant en comparant les toiles de Drew Campbell à un mariage parfait entre le style de Kuncherov et le porno amateur slave, je m'aperçus que je n'avais pas entendu mon vieux rire depuis des mois. Sa dernière manifestation datait des trente ans de Marianne ; il avait eu du mal à couvrir la musique et ne m'avait pas empêché de contempler les danseurs de *bend-and-bounce*, gracieux et insolents dans leurs chasubles de velours. Le rire était devenu chétif, s'était recroquevillé et avait fini par s'éteindre. Le domaine avait cessé de rôder dans mes rêves. J'étais libre.

Les années qui suivirent furent heureuses, calmes et ordonnées. Je trouvai dans le métier de restaurateur une sorte d'équilibre. J'aimais les heures méticuleuses passées à chercher la teinte la plus juste, le pinceau adéquat, le trait le plus précis, à m'enivrer des vapeurs des peintures aux parfums de meringue, de bronze et de rhubarbe. Je me découvris sourcilleux, tatillon, un peu maniaque. Plus le tableau était abîmé, plus je m'absorbais dans ma tâche – j'ai disparu de la circulation pendant quatre mois pour restaurer une huile sur bois de Goya, *Le Festin des douze naines*, qui avait été très endommagée lors du tremblement de terre de Madrid et qui, stockée dans les caves franquistes, avait « pris mousse », comme on dit dans le métier. Je devins peu à peu un expert de ma discipline. On me demandait conseil, on voulait mon avis – je suis surtout connu pour avoir inventé la technique dite du « baise-buvard », qui fit un tabac outre-Rhin et qui me valut d'être invité par l'université Bezons III à donner une série de conférences. C'était flatteur, mais je n'aimais rien tant que le travail à la table. Chaque jour, je me levais de bonne heure, j'avalais mon café et descendais dans mon petit atelier afin de redonner vie à la matière et au passé. En dehors des colloques d'histoire de l'art, des salons techniques et des réunions entre collègues, j'avais peu de divertissements. Je n'ai jamais eu de don pour les amitiés et j'avais avec Marianne une relation intermittente, assez joyeuse, mais sans grande profondeur – je gardais mes profondeurs pour moi ; ce ne sont pas des choses que je sais partager. Les journées se ressemblaient ; et les mois, et les années.

Un soir d'octobre, en rentrant chez moi après avoir acheté de la corne de Bergame dans le quartier indien (il m'en fallait pour retrouver l'effet poudré d'un petit Zatowski sur lequel je travaillais, *La Lépreuse de Carthage*), je découvris qu'on avait forcé ma maison. La porte, entrouverte, grinça doucement lorsque je la poussai. Dans l'entrée, mon petit guéridon d'Arius gisait au sol, les pattes en l'air. Je pénétrai lentement dans le salon, le poing serré, prêt à me battre. Il y flottait une fumée grise et une odeur de gui brûlé ; une pomme d'orge entamée avait roulé sous la table basse ; une petite tasse poisseuse, à moitié pleine d'une liqueur dorée, traînait sur une étagère. On avait fumé mes cigares, croqué mes fruits rares et bu ma meilleure eau-de-vie. Un long manteau noir dégoulinait de la méridienne, sinistre comme une taupe des sables.

J'entendis alors une respiration lourde venue de la cuisine. Un homme m'y faisait dos, avachi dans ma chaise de paille. Il avait d'épais cheveux gris-brun, touffus. Comme il tournait lentement la tête vers moi, je reconnus sa cicatrice violette et sa fossette marquée. C'était Yohan. Il avait l'air terriblement vieux. D'épaisses rides lui cisaillaient le front, le menton, les paupières, ses joues étaient couvertes d'archipels de taches brunes et ses yeux humides semblaient rougis par le temps. Nous avions pourtant à peu près le même âge. Lorsqu'il me vit, il n'exprima aucune surprise. Son regard fatigué glissa sur moi.

— Pépin est mort, dit-il simplement.

Il me tendit un petit polaroïd aux couleurs passées. On y voyait le visage de Pépin, amaigri, blafard.

Ses yeux étaient révulsés et une grimace indéchiffrable tordait sa bouche. Papy Pépin était un beau cadavre. Yohan ralluma son cigare.

— Ce sont les Moureville ? demandai-je.

— Même pas, dit-il d'une voix râpeuse. Il a été déchiqueté par les oiseaux-rasoirs du bois de Saint-Pigors. Les bestioles n'ont laissé que sa tête. Une mort toute bête, tu vois. Au moins, il n'a pas souffert.

Les mains de Yohan tremblaient un peu, gauches et maladroites. Il sentait le rhum tiède et soufflait bruyamment. Il n'avait plus rien de l'enfant terrible du pays d'Aubertois. Sa fougue avait disparu, et toute sa méchanceté. Voilà qu'il était devenu un adulte banal, triste et un peu gras. Dévitalisé. Me revoir ne lui faisait apparemment ni plaisir, ni horreur. C'était un être indifférent.

— Mais qu'est-ce qui lui a pris d'aller à Saint-Pigors ?

— On ne sait pas.

— Il a voulu mourir ?

— C'est ce que dit Clara. Selon elle, Pépin était malade. Elle pense qu'il avait des chenilles dans le sang. C'est vrai qu'il faiblissait à vue d'œil. Pauvre vieux. Il avait de longues périodes d'absence. Et il perdait la mémoire : ce n'est pas une chose qu'un homme comme lui pouvait supporter. Dès qu'un souvenir lui échappait, il faisait des crises de panique. On l'a vu plusieurs fois déambuler dans les bosquets, l'œil vide, comme un zombie. Ou croquer à pleines dents la terre du potager noir. Jurer comme un dément devant l'arbre à crime. Clara est convaincue qu'il voulait en finir avant de perdre définitivement la raison. C'est vrai que des fins pareilles, ça mérite un suicide. Mais Phéodora ne veut rien entendre. Elle répète en boucle : « C'est un accident. Il s'est perdu à Saint-Pigors. Il ne se serait jamais tué sans ma permission. »

— Je ne savais pas que tu vivais encore au domaine.

Il haussa les épaules. Son visage, beau et insolent dans sa jeunesse, était devenu épais, sans charme. Sa peau était grasse et rosée et un début de moustache pointait sous ses narines.

— Et les funérailles ?

— Classiques.

— Laisse-moi deviner. Vous avez mis sa tête dans un petit coffre en bois de jive, que Cléo-l'Ange a fixé au sommet du plus haut sapin-roi du mont Doré. Vous avez écouté le vent, longtemps, plusieurs heures ; puis tante Minh a entonné le *Ruisseau de mai* sur la pierre de colère ; vous avez pleuré dans la carafe auguste, pour préparer l'alcool de larme ; Phéodora a récité le *Daemonium Imperador Nostro*, et après avoir tatoué les sept louves, vous avez lâché dans le crépuscule un banc de méduses-papillons. Toute la nuit, vous avez bu sous les feux d'artifice en imitant la danse de la foudre de Papy. Je me trompe ?

— Oui, dit Yohan. La vie au domaine a changé depuis ton départ. Les choses sont différentes. On ne chante plus. Les méduses ont fané. Tante Minh est partie, et les cousins, et les amis. Il ne reste que Phéodora et moi – c'est pour donner un coup de main que je me suis installé au domaine. Je fais les commissions, change les joints, surveille les pompes à houille. Les journées sont froides, les soirées longues. Pépin, lui, ne dansait plus depuis des années. Et puis le domaine a rétréci. Je peux le traverser en une après-midi, tu imagines ça ? Tout est plus petit, plus serré, comme recroquevillé. Même les pièces de la maison-maître se sont tassées. Le domaine se contracte. Il s'affaisse. Je crois qu'il va disparaître.

— Comment m'as-tu retrouvé ?

Yohan ricana en se redressant sur sa chaise.

— Crois-tu qu'un homme ne laisse pas de traces ?

À mesure que nous parlions, il sortait doucement de sa torpeur. Il se leva, empoigna une bouteille d'eau de sabine qui traînait sur le plan de travail et en but une longue gorgée. Une petite lueur narquoise s'était allumée au fond de son œil. Je pouvais presque deviner, sous les traits de cet homme dodu, le gosse infernal qui avait été mon ami. C'était comme un souvenir qui reprenait vie.

— Et pourquoi t'es-tu déplacé ? Vous auriez pu vous contenter de faire envoyer un courrier.

— C'est une question de principe, me rétorqua avec emphase celui qui, à neuf ans à peine, avait déterré le cadavre de P'tit Judas pour en faire un épouvantail (il l'aurait empalé et planté dans les champs d'algues si Rodrigue ne l'avait pas arrêté à temps). Une question de morale et de dignité. Et puis nous avions tous les deux une dernière chose à faire.

Il me tendit l'eau de sabine et tira de la poche de son jean noir un vieux papier chiffonné. Je sus immédiatement de quoi il s'agissait.

— Je n'ai pas envie de jouer, Yohan.

— Tu as juré. Tu as prêté serment.

— Nous étions des enfants.

— Une promesse, ça oblige.

Il se mit à lire péniblement, comme un enfant déchiffrant son manuel d'algèbre : « Nous, Clovis Portemer et le légendaire Yohan Rouar, jurons sur l'honneur que nous prononcerons les mots bannis lorsque Pépin sera mort. Nous affronterons sans peur leurs maléfices. » Ma signature, dont je n'avais jamais changé, officialisait l'engagement ; celle de Yohan semblait être une éclaboussure.

— Il faut réciter le poème, Clovis.

Le poème auquel il faisait référence était gravé sur un tronc de pierre, dans le jardin celte du domaine des Douves. Pépin nous a fait jurer sur sa vie que nous ne le prononcerions jamais à haute voix, sous aucun prétexte. Il disait que ces vers étaient maudits et pouvaient déclencher quelque chose de terrible et d'irrémédiable – « Réveiller l'ombre », disait Papy en blêmissant. Nous y croyions à fond. Nous passions notre temps à nous glisser en cachette dans ce jardin, mais nous étions trop épouvantés pour franchir le pas et dire les mots interdits. Même Yohan, qui n'avait peur de rien, était terrorisé. Il reprit :

— Tu tremblais comme une feuille lorsque je t'ai dicté le texte, tu te rappelles ? On prenait la malédiction très au sérieux. Ce serment était un acte de grand courage ; nous étions des chevaliers. Il faut être fidèle à ça, Clovis.

— Laisse tomber. Je n'ai pas envie.

— *Connais-tu les fleuves que j'enjambe ?*, commença-t-il.

Il y eut une vibration et la petite lampe à denier clignota quelques secondes.

— Arrête, Yohan. Ne sois pas stupide.

— Qu'est-ce qu'il peut nous arriver ? Tu crois encore aux sortilèges ?

— Il faut respecter Papy Pépin, c'est tout.

— Il faut respecter notre parole. Notre enfance. Et puis ne me fais pas croire que tu n'es pas curieux de ce qui peut arriver… *Connais-tu les fleuves que j'enjambe ?*

L'ampoule de la lampe à denier grésilla de plus belle et laissa échapper une épaisse fumée brune.

— « Réveiller l'ombre », soufflai-je.

Yohan sourit. Son visage semblait avoir rajeuni subitement. Il avait l'air d'avoir treize ans à nouveau. Il m'attrapa par le poignet et se mit à serrer. Il avait une force incroyable. La lampe émit un sifflement suraigu, de plus en plus fort, à la limite du supportable. Malgré ce vacarme, Yohan n'eut pas à élever la voix pour que je l'entende, comme s'il parlait directement dans ma tête. Ses yeux noisette plantés dans les miens, il dit tranquillement, d'une voix sombre et caressante :

Connais-tu les fleuves que j'enjambe ?
Croque la racine, crache la cendre.
Voici l'escalier qu'il te faudra descendre.

De la scène qui suivit, je n'ai que des souvenirs brouillés, comme couverts d'une gelée brune. Il y eut un tremblement, tout se mit à vibrer, d'abord doucement, puis de plus en plus fort, une poche d'air explosa au-dessus de l'évier et éclaboussa la pièce, qui n'était plus une pièce, qui était une zone, qui était une scène, qui clignotait de couleurs hurlantes – des rouges déments, des jaunes à dents, des oranges hérissés – alors que des éclairs mous pendaient du plafond, qui n'était pas un plafond, qui était un ciel inversé, un plein vidé, et le temps pourrissait, la physique s'effondrait, les contours disparaissaient et la voix de ce qui avait été Yohan, une voix de cavernes et de tombes, reprit sa litanie :

Connais-tu les fleuves que j'enjambe ?
Croque la racine, crache la cendre.
Voici l'escalier qu'il te faudra descendre.

Tout craquait en même temps, fondait en même temps, tout cherchait à mordre, des forces tournoyantes sifflaient au loin, il n'y avait ni horizon, ni paroi, ni limite, un oiseau de peau vomissait, une chose rampait qui était un fleuve ou qui était du vent ou qui était les deux, la matière qui composait Yohan étincelait et tourbillonnait, la terreur tapissait ma gorge d'une couche de mousse gluante, des puissances innommées m'épiaient et une lueur éblouissante approchait, qui jetait des cercles de ténèbres sur le monde, et l'ordre qui voulait naître grinçait, claquait, vrombissait, une silhouette noire et rieuse s'approchait, qui avait mille visages identiques, et la voix de ruine coassa :

Connais-tu les fleuves que j'enjambe ?
Croque la racine, crache la cendre.
Voici l'escalier qu'il te faudra descendre.

Tout prit un autre nom, des créatures antiques roulaient dans les rayons, il y eut des marécages spontanés, des voix sans âge râlaient au fond des gouffres, une gueule aux dents trempées claqua, tout près de moi, des fœtus de soleil grouillaient dans les cages, les morts reprirent vie pour mourir de plus belle, puis quelque chose céda, il y eut un affaissement, et tout commença à flétrir, à rétrécir, une pensée corrompue infecta le monde, qui était une bouillie sans début, ni fin, ni vérité ; le visage de Pépin se dessina quelque part et dit « Dévorez-vous », des atomes crépitèrent et des millions de trous noirs émergèrent du néant, puis cette chose qui était Yohan devint incandescente et se mit à gonfler, à gonfler encore, devint obèse, énorme, gigantesque, devint une montagne de lumière, une montagne de douleur, une peine infinie qui avalait l'univers, mais l'énergie était trop dense et la montagne-Yohan se mit à tituber, à vaciller, à s'effondrer, avant d'exploser dans un mugissement inouï qui déchira chaque parcelle du royaume. Les particules exténuées se blottirent les unes contre les autres.

Il y eut un soupir, puis plus rien.

Tout redevint normal.

Un calme absolu régnait dans ma cuisine. Le monde avait retrouvé sa forme et tout était tranquille. Les casseroles brillaient, comme si de rien n'était. La vaisselle crasseuse encombrait l'évier, indifférente, et le vieux bois des commodes grinçait doucement, tandis que le chuintement de la chaudière remontait du sous-sol. C'était un trop-plein de réalité ; une déferlante de quotidien, absolue, étouffante. L'air était humide, comme après l'orage. La scène était d'une effroyable banalité, terrorisante tant elle était concrète. Il faisait un peu froid et j'étais exténué. Mes muscles roulaient douloureusement, comme après un effort brutal, et une soif d'enfer déchirait ma gorge. Je me levai, fébrile, et avalai un grand verre d'eau glacée en me massant les tempes. L'eau avait un goût de poussière. Les sons étaient aplatis, atténués, comme après un concert à plein volume. J'avais l'impression de revenir de la guerre. Autour de moi, rien ne semblait avoir changé. Je remarquai toutefois une fine couche poisseuse, une espèce de peau de lait, qui recouvrait le carrelage et les meubles. Et Yohan avait disparu. Seul son manteau affalé sur la méridienne et une odeur de tabac froid témoignaient de sa présence. Où était-il passé ? La lampe à denier fumait encore.

J'éprouvais une curieuse sensation sous mon aisselle droite ; comme une pulsation, sourde et menaçante. Pas franchement douloureuse, mais désagréable. Je retirai mon pull marin et, torse nu, m'approchai du vieux miroir-officier du salon. Je l'avais acheté d'occasion, pour une bouchée de pain, chez un brocanteur de la rue Alcazar. Il ne fonctionnait plus très bien : son reflet avait toujours une quinzaine de secondes de retard et sa netteté laissait à désirer. Mais il ferait l'affaire. Je me collai devant la glace ; quelques instants plus tard, mon reflet fit de même. Puis, avec un léger décalage, il leva son bras droit et dévoila son aisselle. Le spectacle était répugnant. Une espèce de plaie suppurante (était-ce un bouton ? une irritation ? une coupure ?) de six centimètres de large taillait mon aisselle en son milieu. La blessure était jeune. Sa forme bombée, tombante, ressemblait presque à un œil. Plus exactement à l'œil de Yohan. Les rides épaisses, les minuscules veines entortillées et les nervures épaisses, c'était à s'y méprendre. J'en retrouvai les cernes et l'ombre du sourcil. Lorsque l'œil s'entrouvrit, je réprimai un cri. Son regard clair et terrorisé était celui de Yohan. Suppliant, il me regardait. Le cœur battant, je repassai mon pull.

Au cœur du cauchemar, Papy avait dit : « Dévorez-vous. » Je pensais que Yohan était bien plus puissant que moi, mais je me trompais : mon appétit devait être le plus grand. Je n'avais fait qu'une bouchée de mon ami. Je l'avais absorbé, digéré, assimilé. Nous ne faisions plus qu'un et j'étais celui-là. Seul un œil répugnant restait de Yohan Rouar. Un œil vivant, perdu dans le corps d'un autre.

Il me fallut des semaines pour oser reprendre une douche ; des mois pour consulter un médecin. Le docteur Bouvard m'expliqua que l'ablation était trop risquée. Il n'y avait rien à faire qu'attendre que l'œil flétrisse et tombe de lui-même. On me fit fabriquer une espèce de bandeau de borgne sur mesure, qui enveloppait mon épaule, mon flanc et mon aisselle. J'appris à vivre avec l'aberration. Chaque matin, chaque soir, je me répétais : « Ce n'est pas vraiment Yohan. L'œil est un détritus. Comme une empreinte. Un souvenir. Il ne peut pas voir parce qu'*il n'y a personne pour voir.* » Mais au fond de moi, je savais que c'était faux. J'avais croisé ce regard ; c'était un regard d'homme. Yohan avait été absorbé, il n'avait pas disparu. Dans cet œil était prisonnière l'âme bien vivante de mon ami. Cette idée n'a jamais cessé de cogner dans mon esprit, entêtante, obsédante. Une idée à vous rendre fou. L'œil m'accompagnait partout, me surveillait, me jugeait. Qui savait même s'il ne pouvait pas m'entendre ? Jamais plus je n'ai ressenti la joie que l'on a à être seul. J'étais épié à perpétuité. Jusque dans la tombe, l'œil me regardera.

Un moucheron angora se tortille sur ma toile, piégé dans la peinture. Il patauge dans le jaune de Goa, s'embourbe dans le vermillon, panique dans le bleu duc. Il agonise, les pattes engluées, les ailes presque dissoutes, les yeux semi-fondus. Dans un dernier effort pour s'extirper du bourbier, il rassemble ses forces, remue son pauvre corps, s'agite dans tous les sens, se démène, s'épuise et ne parvient qu'à s'empêtrer un peu plus dans la couche de gouache miellée. Alors qu'une éclaboussure vert d'oie s'apprête à l'engloutir, le moucheron regarde une dernière fois autour de lui. Tout est calme. Harmonieux. Le soleil est bas, rosé, l'air est tendre et les oiseaux électriques pépient gaiement dans le vieil orme bleu, tandis que les deux cerfs blancs, paisibles et patients, broutent les plants de clochettes. Depuis sa prison visqueuse, l'insecte observe ce paradis cruel qui n'a aucune compassion pour lui ; cette nature sourde, sublime et insensible qui se moque de son calvaire. Le moucheron, sans force, renonce à se battre. Il abandonne, se laisse absorber par la peinture et coule doucement. Il se noie sans un son. Presque immédiatement, un autre insecte prend le relais ; triomphant, gonflé de vie, il se pose sur ma toile en bourdonnant. À son tour, il se fait piéger par l'étreinte poisseuse d'un trait de peinture pourpre. À son tour, il s'achemine vers sa disparition. Il trépasse comme trépassent les créatures du monde, dans un ballet absurde et plein de joie.

Le crépuscule approche, inexorable. La fraîcheur monte doucement de la terre et la lumière s'estompe. Les bleus, les rouges, les verts, tous tournent au brun dans l'obscurité naissante. Mes yeux se brouillent de fatigue. Mes doigts sont moins sûrs et mes jambes douloureuses. Il est temps d'arrêter. Une dernière touche de cerise, un discret laquage, puis je pose mes pinceaux. Je recule de quelques pas pour observer le tableau. Il est dense, pour le moins. Il y a une profusion de plantes, de couleurs et d'éclats. Je fais la moue. L'ensemble est étouffant. Trop de peinture et trop de monstres. La toile est remplie jusqu'à la gorge, gavée de matière et de symboles. On n'y peut pas rêver. J'imagine un critique d'art parlant de mon tableau, à la radio :

> — On ne peut pas dire que c'est nul, mais honnêtement, c'est pénible… Alors je ne dis pas, il y a une maîtrise technique, et Clovis a une certaine imagination. Bon. Seulement, c'est un fouillis total. Ce n'est pas tant qu'il parte dans tous les sens, non, c'est qu'il n'y a pas de sens : il veut tout raconter, tout représenter. Mais il ne dit rien. Finalement, il ne montre rien. Je crois qu'il n'a pas de regard, tout bêtement. Son tableau, c'est une juxtaposition un peu bébête d'images et d'idées. Et cette surabondance, moi, au bout d'un moment, je n'en peux plus. Ça me donne la nausée. C'est saturé de couleurs, de créatures, de symboles, de folies calculées. On étouffe. On s'ennuie. Il n'y a aucune place pour le spectateur, là-dedans. On reste dehors. C'est

comme si la couche de peinture était une barricade, vous voyez ? Vous êtes devant l'œuvre et vous vous dites : « J'ai l'impression de déranger. » D'un côté, ça vous glisse dessus, de l'autre, ça vous écrase de tout son poids. Il n'y a pas de centre, dans ce tableau ; pas de ligne de fuite ; c'est un tas. Voilà le mot juste, un tas. Je n'ai pas été trop méchant, Jérôme ?

— Non, non, on sent que c'est plein d'affection, il va être ravi… Armelle ?

— Je serai moins sévère que Jean-Marc. Attention, je trouve ça affreux, hein (rires du public). Mais j'aime bien son engagement. Il se donne à fond, Clovis, ça se sent. C'est un bon petit gars, je suis sûre. Comme il n'a aucune idée de ce qu'est la peinture (rires), il croit qu'il faut tout mettre. Et il met tout. Il tartine. Alors, c'est laid, c'est inutile, mais c'est généreux, non ? (rires.)

— Avec des compliments pareils… Xavier, un dernier mot ? Et puis on va passer à autre chose, hein…

— Je crois qu'Armelle se trompe. Ce n'est pas de la naïveté. C'est une inaptitude. Il est incapable de faire simple, de faire peu, de dire vrai. Il tourne autour du pot, car au fond, il n'a rien à raconter. Qu'est-ce que ça nous dit sur le monde, ce tableau ? Sur sa vision du monde ? De quoi ça parle, vous sauriez me dire ? De quel monde il parle ? De quelle époque ? C'est une œuvre sur rien. Je ne le connais pas et je n'ai rien contre lui, mais je crois que tant qu'il n'aura pas trouvé comment épurer son travail, il est condamné à reproduire ce gloubi-boulga écœurant. Il lui faut un tamis. Il sait peindre, mais il n'a rien d'un peintre (applaudissements).

Mes critiques imaginaires sont un peu sévères, mais je ne leur en veux pas. Et je ne peux pas leur donner tout à fait tort : il est vrai que je n'ai rien de particulier à dire, que je ne sais pas choisir, que j'accumule. Les artistes dignes de ce nom en disent plus avec moins. Quelques traits devraient suffire ; or j'ai besoin d'amonceler. Tel est mon penchant. Ma toile est difficile à regarder, toute saturée de lumière et de silhouettes. L'œil ne s'attarde sur rien, car il ne peut tout saisir en même temps. Il passe d'une créature à l'autre, sans se fixer sur aucune, sans en rien retenir. C'est presque un phénomène optique. Il manque un point d'appui. J'aurais dû faire plus simple, plus lisible, plus fin. Mais on ne peut pas forcer sa nature. Celle-ci déborde, quoi qu'on y veuille faire. Je n'ai pas de génie, et cela m'est égal.

Des années plus tôt, du temps où je voulais à tout prix être un peintre reconnu, ce constat m'aurait fait mourir d'aigreur. Mais je ne suis plus cet adolescent ambitieux, inhibé et malheureux, qui, tout encombré de rêves, était torturé par son ego meurtri. À l'époque, je voulais du talent comme d'autres veulent la gloire, le succès ou la fortune. Sans cela, je n'étais rien. Personne. J'étais insignifiant. Le talent était un tremplin qui devait me permettre d'atteindre mon but ultime : regarder les autres de haut. Non, plus exactement : être regardé avec envie. Avec admiration. C'est cela que je voulais. Depuis, je suis parvenu à me débarrasser de ces bêtises. Je n'ai plus de désir et je n'attends plus rien.

Le soleil disparaît peu à peu derrière les pierres sacrées de la colline aux Sarcasmes. On n'y voit plus rien. Mehouad, les doigts glacés, est toujours étendu dans son transat, absent. Il ne se réveillera qu'au matin, semi-amnésique, un peu fiévreux, les yeux collés. Il filera au commissariat les dents serrées et ne dira pas un mot à ses collègues de son petit coma. Les cerfs, eux, s'ébrouent sous les saules moqueurs et piétinent les pleurotes qui moussent au pied des chênes. Tout est silencieux. Je respire profondément. L'odeur des jonquilles invisibles, de la rosée du soir et des herbes filantes me replonge en enfance ; c'est cela, au fond, que je suis venu chercher. C'est pour cela que suis revenu. Pour ce parfum perdu. Je sais que dans une heure à peine, des effluves acides remonteront des douves. Des senteurs antiques, âcres et chargées de douleur, envahiront le domaine ; la nuit entrera en putréfaction et, blotti dans le petit lit de camp du cabanon de chasse, je serai incapable de trouver le sommeil. Je le sais, je m'en moque. Je ne suis qu'à cet instant.

Au loin, les longs craquements du glacier triste annoncent la tombée du jour ; les ailes de cuir des chauves-souris claquent déjà autour du bébé donjon, et bientôt des blocs de roche spatiale décrochés de la stratosphère viendront pulvériser le sol moelleux du champ aux météores, comme chaque année à cette période. J'ai toujours aimé ces bruits de la nuit. L'air est froid et les aigles gloutons regagnent leur terrier en rotant. Je dépose une épaisse couverture en alpaga sur le corps inerte de Mehouad et m'apprête à aller me coucher.

Avant de rentrer, je contemple une dernière fois mon affreuse toile, à la lueur des lapins-lunes. Elle me fait sourire tant elle est maladroite, infantile et surchargée. Peu importe : je l'aime bien. Je n'en ai pas honte. J'attrape le pinceau-griffe, le plonge dans la peinture et m'approche pour signer. Jadis, ma signature d'artiste était C.L.O.V.I.S. J'étais très fier des points entre les lettres – le snobisme du débutant. Mais aujourd'hui ce label me semble factice. J'ai vieilli. J'inscris donc, en lettres penchées : *Clovis Cardinaud.* C'est le nom que j'utilise depuis ma fuite du domaine, le nom sous lequel me connaissent mes amis, mes employeurs et l'administration ; le nom de celui que je suis devenu depuis vingt-cinq ans. Mon nom, que je me suis inventé. Sur la toile, il brille d'un drôle d'éclat ; il me fait une impression désagréable. J'ai la sensation de mentir. De trahir quelqu'un. Je recouvre la signature d'un trait de peinture brune. Il est temps d'être précis, exact et sincère. Méticuleusement, étreint par une émotion sourde qui me prend par surprise, je signe du nom qui convient le mieux à cette toile.

Clovis Portemer.

CHAPITRE IV

Yssit-devanlt la chronicque du goinfre-tibenaud, seigneur Julius d'Allemanois, qui nasquit outre fleuve, consquit nostre comté d'Orguière en ferrayant contre loups et géands, et, d'une sainte espée d'argenlt, sousmit vils prinses et canayes. Kröle escrasa hordes de tigres-bas et tribus d'hommes-lianes. De notre frêle païs, Julius le Périlleux se fit roy ; son nom il donna à la haulte montagne. Par lui, le glaive, la fortune et l'agloire ; par lui, l'estat et l'order. Plus jasmais famine ne frappa nos campagnes.

Phéodora, sous la lumière aqueuse d'une lampe à potassium, ressemble à une poupée brûlée. Étendue sur une longue table de métal, elle flotte, chétive, dans un cafetan de lin bleu. Sa jambe droite est carbonisée ; la chair a fondu autour du tibia et laisse entrevoir l'os ; une épaisse croûte noire recouvre son pied mort. Mehouad et le greffier de la morgue de Loumier se tiennent en retrait, silencieux et gênés, mais je sens leur regard glisser sur les membres calcinés de Phéodora, dont le visage, lui, est intact. Livide et impassible, il a échappé au bûcher. Il n'a pas été nettoyé, lavé, ni maquillé, comme le sont les cadavres exposés aux enterrements : la procédure interdit toute modification faciale avant l'identification. Ses yeux écarquillés laissent voir de beaux iris gris. Dans sa bouche légèrement entrouverte, tordue par un rictus, on voit luire ses petites canines. Elle a dans la mort un air aussi terrible que dans la vie. Comme si elle continuait de haïr.

J'identifie formellement le corps ; le greffier, un petit homme blond et gras, androgyne, aux yeux teints, consigne mes propos ; Mehouad grogne un remerciement.

L'inspecteur a l'air épuisé. Ses bouclettes pendouillent, inertes, sur son front et il porte d'épaisses lunettes de soleil pour cacher ses cernes. Son séjour dans les confins de la Gorge d'abandon lui a laissé les stigmates d'une gueule de bois apocalyptique. J'entends, venus du fond d'un couloir, des sabots impatients cliquetant sur le carrelage ; les cerfs blancs attendent. Cette morgue n'a rien de sordide. Elle ressemble à n'importe quel immeuble de bureau, avec faux plafonds, détecteurs de fumée et fontaines à eau. On ne peut deviner que des cadavres en transit attendent dans les bacs ; on ne peut imaginer que des corps pourrissent dans les caves. Il y a dans la banalité froide de ces locaux, dans cette absence de drame et de décomposition, quelque chose de terrifiant. Ici, la mort est un processus administratif.

Mehouad explique, pour me réconforter, que l'on se fait des idées fausses sur la mort par le feu.

— On dit beaucoup de sottises à propos de la douleur. En réalité, elle a ses limites. Lorsqu'elle atteint un degré insupportable, le corps libère des substances qui la noient. On appelle ça des opioïdes neuropeptiques. Ils provoquent une espèce de flash. Un flash de drogué. C'est pour cela que les gens qui ont échappé de peu à la mort parlent souvent de tunnels blancs, d'un grand calme, d'un bain de lumière. Les opioïdes neuropeptiques. Tout cela est très documenté. Des chercheurs saoudiens ont créé un protocole médicamenteux basé sur l'injection d'opioïdes dans le cadre d'une étude universitaire. Ils voulaient observer le comportement de sujets humains débarrassés de la possibilité de souffrir. Mais au terme du traitement, les patients devenaient apathiques, dépressifs, mélancoliques. Beaucoup se tuèrent. D'autres s'enfuirent. On en trouva qui erraient dans les dunes en gémissant. Aucun ne survécut.

Grandes murailles furent édifiées. Grandes routes construites. On assécha les marais et Julius, notre bon roy, fit creuser cent puits et raser cent forest. Il nous offrit la poudre et le tissage mécanique. Pour la pureté de nos descendants, il fit abattre les informes et les dégénérés. Il vouloit un grand peuple ; un grand peuple le vouloit.

Mehouad contemple son café, absorbé dans ses pensées. C'est un homme fait pour les monologues. Il est incapable de discuter.

— Montag, un de mes collègues, pense qu'il faut considérer la souffrance comme l'un des sens de l'être humain, au même titre que le goût ou la vue ; comme une manière de capter le monde et d'en faire partie. Je ne sais pas s'il a raison. Après tout, Montag est un millénariste radical. Il croit à toutes sortes de prophéties et voit des signes partout. Mais on a prouvé que, sans douleur, le cerveau s'effondre sur lui-même. Il s'intoxique de substances acides, pleines de sulfates, des flux noirâtres qui inondent le cortex externe et rongent la moelle frontale. Je trouve ça émouvant, cette obstination à souffrir qu'ont les êtres humains. Je pense que c'est là qu'est né Dieu.

Absorbé dans la contemplation de Phéodora, je n'écoute pas Mehouad. Elle est minuscule et semble avoir rétréci avec les années. Je n'avais jamais vu ses épaules, ses mollets et ses bras. Grand-Mère traversait les saisons emmitouflée dans son austère robe de lubeline noire, la tête dans son foulard. C'était une femme sans chair. Je découvre aujourd'hui ses poignets, nus et maigres, ses chevilles et sa gorge. Elle avait donc un corps.

Au jour où nostre bon roy mourut, un grant incendie dévasta la plaine et le fleuve sacré sortit de son lit ; nuit tomba à midi et femmes moururent en couches ; raisins flétrirent ; agnaults périrent ; ô Dieux Jumeaux, vesnez-nous en aide !

La peau blafarde de Phéodora est couverte de tatouages. D'innombrables lignes d'écriture, minuscules, d'un bleu passé, ficellent son cadavre ; des centaines, des milliers de paragraphes, des kilomètres de pattes de mouche tapissent la moindre parcelle de sa peau. Un vrai costume de mots. Je n'en reviens pas. En quelques coups d'œil, je comprends : Grand-Mère a fait tatouer sur son corps l'histoire du domaine des Douves. Au fil des années, en secret, elle s'est noircie de récits, de légendes, de témoignages, de poésies épiques, de mémoires, de pamphlets, de coupures de presse, de tous les écrits qu'elle avait pu récupérer. Chaque événement du domaine des Douves était consigné, retranscrit sur sa chair. Cela a dû être un travail de titan. Le travail d'une vie. Elle est devenue un livre. Une archive.

Grand-Mère avait bien caché son jeu. Elle qui prétendait n'aimer rien ni personne, hormis ses tiques obèses et les aurores figées de septembre, était-elle sentimentale ? Elle savait que les lignes qui couraient sur sa peau ne seraient lues qu'après sa mort. Elle préparait son cadavre. Je fais face à une œuvre *post-mortem*.

Je m'attendais à être ému en voyant son cadavre malingre. J'avais peur, aussi, de raviver les voix qui m'ont assailli lorsque j'ai découvert le corps froid de ma mère (« *Vois-tu les jolies brumes,* disaient-elles gaiement, *les brumes qui montent des douves ? Baigne-toi, petit ! Clapote ! Viens nous rejoindre !* »). Pourtant, la curiosité l'emporte sur la tristesse : je veux tout savoir.

— Vous avez deux heures, Cardinaud, dit l'inspecteur en se massant les tempes. Ensuite, le légiste devra effectuer la gélification.

Mehouad et le greffier me laissent seul, même si le protocole l'interdit probablement. Deux heures pour lire ce registre humain… Je ne sais pas comment m'y prendre. Y a-t-il un ordre dans tout ce fatras de mots ? Je n'ai aucune envie de soulever le cafetan qui protège la pudeur de Phéodora, mais il le faudra bien. Je commence par les textes qui me semblent les plus anciens, consacrés à l'histoire médiévale de la région et du domaine. Il s'agit de petits paragraphes en lettres gothiques situés sous la gorge, juste au-dessus de la poitrine. Pour déchiffrer les lignes, je m'approche à quelques centimètres de sa peau – une peau de morte, glaciale, imperméable. Je respire un grand coup.

Les frontières du domaine dessinent la forme exacte d'un paon gras de Louvière, emblème royal de Julius le Preux.

Je suis aussitôt avalé par le récit. Les textes qui la couvrent sont un trésor inestimable. Les chercheurs vieillissants de l'université de Mont-Fabien, dont les plus maniaques s'excitent encore sur l'histoire du domaine, ne vont pas en revenir. Grand-Mère a apparemment eu accès à des sources textuelles qui, depuis, ont disparu. Peut-être a-t-elle détruit elle-même certaines archives après les avoir immortalisées sur sa peau ? Par exemple, il est écrit sur son épaule droite, en vieux patois saugeard, que Kröle d'Allemanois, frère de Julius, n'était pas stérile, ce qui bat évidemment en brèche la théorie d'Yves Pindard ; au bout de son coude, une petite épître en italique explique que la légendaire bataille d'Onze-l'Oumaze a pris fin du fait d'une épidémie foudroyante de gastrocéphalite, et non, comme tout le monde le pense, à cause de la trahison du comte de La Glavodière. Autant de scoops d'outre-temps.

J'apprends une foule de choses. Sur la trahison de Camille, la fille de Julius, qui, écartée de l'héritage au profit de sa sœur Oldine, se jeta dans les bras d'Ovre Morte-Ville, dit Grand-Nigaud, pour régner sur les étangs chauds de Bergne ; sur le culte des Dieux Jumeaux, qui fut réprimé dans le sang après la proclamation de la République des Canaux ; sur les fosses de paysans morts que l'on passa par le feu pour y aménager les premières douves ; sur l'abandon du domaine pendant près de trente ans, lors de la guerre des Pailles ; sur la brève collectivisation des terres par les Escouades de la Joie ; sur les récoltes ruinées par l'année sans soleil. Et, surtout, secret des secrets, sur la recette des légendaires gougières au pisse-timbale de Papy Pépin (en voici quelques extraits, dont je camoufle les éléments les plus confidentiels : « Faites revenir les croqueliers dans un jus de côtes de groire au [redacted], ajoutez une poignée de joues de lierre flambées, réservez, faites frire [redacted] minutes la tome de Sang-Murée dans sa chapelure d'ogive, puis venez la couler sur le girodon de laine pommelée [...]. Ajoutez alors, et seulement, l'ingrédient qui donne au plat sa saveur unique : la [redacted]. Disposez le tout dans un lit de feuillette, saupoudrez de bouchonnettes d'Augancourt, c'est prêt ! Servez tiède, accompagné d'une compote de veau »).

Je retourne en frissonnant le corps nu de Grand-Mère, avec l'impression d'enfreindre une loi antique. Son dos est couvert des mêmes lignes bleutées qui strient ses jambes, ses épaules et ses fesses. Pas une parcelle de peau n'est vierge. On trouve de petits dialogues rimés, des enquêtes journalistiques, des histoires grivoises, mais aussi des tas d'informations techniques sur la nature des sols, l'entretien du verger ou les cérémonies funéraires... Phéodora est une femme encyclopédique. Je me décourage : jamais je n'aurai le temps de tout lire. Mehouad doit revenir dans une demi-heure et je n'ai pas parcouru un quart de Phéodora. Je ne sais où chercher ; ni même que chercher.

Sur son mollet droit, un détail attire mon attention : un gros carré de dix centimètres de côté est entièrement noirci – comme si Phéodora avait voulu effacer un pan de l'histoire. C'était un caviardage. Immédiatement, une vilaine curiosité s'empare de moi. Qu'a-t-elle cherché à cacher ? Comme un piteux archéologue, j'active la fonction « lampe torche » de mon téléphone, que j'approche de la peau. Le noircissement n'est pas aussi profond que ce qu'il semblait. En scrutant la teinture, on parvient à identifier le relief brillant de quelques lettres ; à reconstituer quelques mots. Je déchiffre : « grimace… pour… moi » ; « rampe… dans… les ronces » ; « toupie… hurlante ». Un frisson me traverse, une sensation glacée, tout à la fois excitante et infecte. C'est de ma mère qu'il s'agit. J'en ai la certitude. C'est elle que Phéodora a enfouie dans l'encre noire. Je tente de déchiffrer le récit censuré.

Père, Mère, me pardonnerez-vous ?

Ce sont ses mots.
Les mots de ma mère.

Les Murmures ont recommencé cette semaine.

Ma main gauche se met à trembler, comme lorsque j'avais quinze ans. Ma mère n'était donc pas qu'un animal affolé, traversé de rictus et de fureurs. Elle comprenait ce qu'il lui arrivait. Elle avait une conscience.

Père, Mère, me pardonnerez-vous ? Les Murmures ont recommencé cette semaine. Les Murmures, à nouveau, montent des douves. Comme un flux, une marée algueuse, sourde et inexorable. Cette fois, je crains de ne pas trouver la force de leur résister. Ils sont si doux, si chauds. Incandescents. « Rejoins-nous, *disent-ils.* Viens barboter dans les douves. Tu y riras à grande bouche ! Il y a des lumières pour toi ! »

Père, Mère, me pardonnerez-vous ? J'ai bien vu que depuis quelque temps, votre haine pour moi était plus vive. Une haine pure, aride et entêtante. Une gelée étincelante qui englue le monde entier. Je peux presque la lécher. Parfois, elle se met à vibrer, à bourdonner et me saute dans la bouche. Alors, je ne peux plus respirer. J'étouffe, sans bruit, dans la nuit grise.

Vous auriez dû me cacher au fond d'un cachot. Me jeter dans un puits. Que se taise ce mal qui me cloue la bouche, qui bave pour moi, grimace pour moi, hurle pour moi, qui, à ma place, déchire mes vêtements, me griffe jusqu'au sang et rampe dans les ronces. Ce mal qui gouverne mon corps. Qui, entre le monde et moi, a creusé un fossé infranchissable. Une douve. Qui jette des cercles de terreur dans les yeux écarquillés de mon fils. Mon cher petit, triste et silencieux. Si j'avais pu l'étreindre, comme une mère son enfant.

Elle savait qui j'étais. Son enfant. J'étais un fils, finalement. Depuis la tombe, elle me reconnaissait.

Le jeune Tom Harcourt écrit, sous ma dictée, les mots que vous lisez. Il s'est découvert le pouvoir d'entendre mes pensées. Brave ange des greniers. Grâce à lui, peut-être saurez-vous que je n'ai pas été qu'une toupie hurlante, titubant de douleur en douleur ; que muet, derrière mes rages blanches, se cachait un cœur ému ; que je vous regardais, vous cherchais, vous appelais. Je vous aimais, je crois.

Père, Mère, me pardonnerez-vous ? Je n'ai été pour vous qu'une ombre hostile, rôdant à la lisière des forêts. Une bouche à malheur. Avec moi, un brouillard de violence et de peine a déferlé sur vos vies. Je n'ai offert de joie à personne ; à personne, de consolation. C'est de cela que je meurs. Les Murmures le savent. Ils me scrutent avec appétit. Me convoitent. Je comprends aujourd'hui quelle est ma raison d'être. Mon destin est de vous délivrer. De vous rendre la paix. De libérer mon fils.

Je n'étais pas votre ennemie.

« Aux douves !, *me dit-on.* Suis les lumières ! »

Ainsi, je disparais.

Pas de signature. Pépin et Phéodora n'avaient jamais donné de nom à ma mère. Ils attendaient de voir en elle un signe d'humanité. Nous pensions tous qu'elle n'était qu'une sorte d'animal ; un simple réseau de nerfs. Comment y voir autre chose ? Autre chose que des poings et des crocs, qu'une fureur éclaboussant le monde entier de sa colère et de sa bave ? Elle qui mordait à pleines dents les branches d'épines ardentes, qui se roulait dans les nids de frelons ou qui agonissait de cris sauvages ce pauvre Rodrigue, elle avait donc une âme. Une voix. Étrange, lointaine et maladroite, mais une voix à elle. Qui me parlait, des profondeurs.

Une porte s'ouvre, derrière moi. Mehouad est déjà de retour. Je remarque que ma respiration résonne lourdement dans la morgue. Je tente de reprendre mon souffle.

— Vous pleurez, Cardinaud ? dit l'inspecteur.

— Non. Je n'y arrive pas.

Mehouad s'approche du corps, suivi par le greffier. Au passage, ils essaient discrètement de déchiffrer quelques mots striant la chair de Phéodora. Puis ils se plantent à mes côtés. Je peux presque sentir physiquement leur curiosité. Ils disent n'importe quoi, pour rompre le silence et m'inciter à parler.

— Parfois, il vaut mieux ne pas tout savoir, dit l'un.

— Les secrets de famille ont leurs raisons, dit l'autre.

— Tout le monde cherche des signes, dit l'un.

— On dit qu'il ne faut jamais regarder un mort dans les yeux, dit l'autre.

— La mort est une des modalités de l'oubli, dit l'un.

— Le deuil n'est pas une réponse, c'est une question, dit l'autre.

Sans trop savoir pourquoi, je raconte l'histoire de ma mère, m'apercevant à peine que je parle à haute voix.

— Cela nous arrangeait bien, au fond, de penser qu'elle était folle. Pas vraiment folle, plutôt attardée.

On disait toujours : « Elle flotte dans ses mondes. » C'était plus commode. Mais je découvre qu'elle comprenait tout. La honte de ses parents, la terreur de son fils, rien ne lui échappait. C'était simplement son corps, le problème. Il obéissait à autre chose. Il était incontrôlable. Son esprit, lui, fonctionnait. La pauvre femme. Elle était emmurée, au fond d'elle-même, comme une spectatrice. Réduite au silence. Je suis sûr qu'elle bataillait de toutes ses forces pour se dominer, pour essayer de communiquer avec nous. Mais il n'y avait rien à faire. Ça devait la rendre folle de rage, cette impuissance. Elle devait se sentir comme celui qui crie en vain aux personnages d'un film qu'un tueur les attend à l'étage.

Une grande toile de Piopescu datant des années 1920 et que j'ai restaurée voici quelques années me revient à l'esprit. Un beau tableau ocre peint à la stèle, mélange de platisme et de néo-réalisme hongrois, très angoissant. On y voit, au centre exact de la toile, la silhouette minuscule d'une femme rougeâtre recroquevillée sur elle-même. Elle est cloîtrée dans une petite pièce obscure, au bout d'un interminable couloir. Son visage est flou, comme un magma illisible, mais elle dégage une tristesse infinie. Elle tend la main vers le spectateur. Elle semble désespérément seule. Elle appelle à l'aide.

— Il y a un parasite, dit Mehouad, une sorte de ver, le *paragordius*-quelque chose, je crois, qui s'introduit dans l'organisme du grillon, dont il manipule une partie du cerveau. Mon cousin en a déjà vu. Il dit que c'est affreux. Le grillon ne contrôle plus son corps. Il est forcé d'obéir au parasite. Il est sous son joug. C'est comme les tourterelles de Sangatte qui, les jours d'éclipse, sont irrémédiablement attirées vers les parois des falaises et viennent s'y écraser. Elles sont incapables de résister à cette force-là. Il y a aussi les hérissons d'Asie : lorsqu'ils entendent de la musique, ils ne peuvent s'empêcher de s'enrouler dans le mauvais sens et s'empalent sur leurs propres pics. Ma tante Oum disait parfois, avec un petit sourire : « Tu te crois libre, mon neveu ? As-tu choisi le nombre de tes dents ? La forme de ton nez ? As-tu choisi ta taille ? Le jour de ta naissance et ta terre natale ? Pas plus, tu ne choisis tes idées et tes rêves. Il faut être modeste. »

Le greffier interrompt Mehouad. Il pointe du doigt un petit dessin sur la plante du pied droit de Phéodora.

— Vous avez vu, monsieur Cardinaud ? Elle est magnifique, cette méduse !

— Ce n'est pas une méduse. C'est un tantale.

— Ah. D'accord. N'empêche, ça ressemble à une rudement jolie méduse.

J'ai vu pour la première fois un tantale le 11 mai 1991, le jour de mes douze ans. Comme chaque année, toute la famille était sur ses gardes. Papy se terrait au fond des caves du Ronflant, Phéodora était cloîtrée dans le donjon aux Laids, et les triplées s'étaient réfugiées dans la pièce sans porte ni fenêtre. Les autres, moins peureux mais prudents, portaient la traditionnelle armure de bref-acier. Cette méfiance générale n'était pas une lubie farfelue de ma famille, mais le fruit d'un constat : chaque année, sans exception, il se passe systématiquement une catastrophe le jour de mon anniversaire.

Par exemple, pour mes trois ans, le lac rose de Flairou s'est mis subitement à chauffer. Il est devenu brûlant, fumant, et bouillait par endroits. L'élevage de galaudes de l'oncle Anatoli fut décimé et Sven perdit sa beauté – son visage est, depuis, une grimace de douleur figée. Pour mon cinquième anniversaire, un petit iceberg des champs traversa le domaine d'est en ouest, ruinant les moissons et ravageant la route de Saint-Landon. On eut froid pendant huit mois. Chaque année apportait son désastre. Je ne voyais pas tant le phénomène comme une malédiction que comme un état de fait. Un cadeau empoisonné. Un jour, Minh découvrit aux archives cantonales que le phénomène m'avait préexisté. Deux ans avant ma naissance, le 11 mai également, la crue assassine de la Grave avait noyé les carillonneurs ; huit ans plus tôt, le 11 mai 1969, de spectaculaires combustions spontanées avaient décimé les troupeaux de la région. Et ainsi de suite, chaque année, aussi loin que l'on remonte – les premières traces de ce fléau datent du XVIIe siècle : le 11 mai 1644, toutes les femmes du canton se réveillèrent chauves. Il n'y a à notre connaissance qu'une exception : malgré ses recherches, Minh n'est pas parvenue à trouver trace d'un drame survenu le jour de ma naissance ; nous en vînmes à la conclusion suivante : la catastrophe de l'année 1979 *était ma naissance. J'étais* la catastrophe.

Pour mes douze ans, donc, le 11 mai 1991, je fis la connaissance du tantale, dont le surgissement devait bouleverser la topographie du domaine et faire de notre Phéodora ce qu'elle n'a, depuis, cessé d'être : une protectrice. Je me souviens que Yohan, qui s'exténuait à gonfler à la pompe à vélo les crapauds noirs du saint-ruisseau pour en faire des « ballons d'anniversaire », me fit remarquer qu'il faisait soudain plus sombre, comme si la nuit tombait. Nous levâmes les yeux, comme le firent au même instant tous les Portemer, l'œil attiré par cette étrange obscurité. Une forme indéchiffrable se tordait au-dessus de nous. Une tache sur le soleil. Quelque chose tombait. Éblouis, nous restions immobiles, les pieds cloués au sol, figés sous le danger. La chose s'approchait à toute vitesse. Il y eut d'abord un grand silence, puis un léger frottement, qui se transforma vite en un sifflement inouï. Tout se mit à vibrer. Et soudain, la chose s'écrasa au beau milieu de la pelouse de liserons. Le choc fut terrible. Il provoqua un souffle qui emporta tout sur son passage, aplatit les cèdres bleus, renversa comme un jouet le bison gras de tante Minh, et fit tomber Cléo-l'Ange dans les flaques d'aubépines. La terre trembla jusqu'à Soulier-les-Griffes et l'impact projeta des morceaux de schiste à cent lieues à la ronde. Une vague de poussière engloutit le domaine ; pendant plusieurs minutes, on crut qu'il faisait nuit. Assourdi par le vacarme, je n'entendais plus rien qu'un chuintement suraigu. Puis, doucement, comme une nappe de tulle beigeâtre, la poussière retomba. Je parvins peu à peu à distinguer à nouveau quelques sons ; le piaulement d'un basset ; les hurlements de ma mère, qui convulsait sur le sol et dont les oreilles saignaient à gros bouillons ; le pas lourd d'oncle Anton, qui titubait sur l'allée centrale, hébété. Le monde tout entier était abasourdi.

Sur la pelouse, au milieu d'un immense cratère, gisait un corps gluant et translucide, monumental, d'une cinquantaine de mètres d'envergure. Comme une montagne de gelée froide. Un tantale. Sa tête ressemblait à une gigantesque cloche gélatineuse, dont partaient en étoile douze longs tentacules, constellés de ventouses. C'était un fantastique soleil visqueux. L'animal s'agita très doucement. Il émit un son grave, étouffé, un gémissement. Il souffrait. Des éclairs de douleur striaient ses yeux, deux grands yeux noisette qui appelaient à l'aide. Il avait l'air si fragile, si vulnérable.

Je me précipitai vers ma mère, dont les convulsions s'étaient estompées et dont le sang avait cessé de couler ; lorsque je tentai de l'étreindre, elle me montra les dents en sifflant ; Anton me donna une petite tape sur l'épaule, pour me réconforter. Nous constatâmes ensuite l'ampleur des dégâts. Les arpents noirs étaient dévastés, les amandiers fanés, les eaux du saint-ruisseau souillées et il faudrait des semaines pour remettre en état le lavoir à vent d'Anatoli. Papy, assis sur l'escalier de feutrine, se massait les tempes en regardant le tantale, si triste et si craintif, qui geignait dans la nuit tombante. Nous contemplions son corps phosphorescent, comme une bande de singes fascinés par un arbre en feu. Ses tentacules luisaient d'un bel éclat bleuté. On aurait dit un nuage changé en animal et décroché du ciel. Malgré sa taille et son aspect repoussant, la créature avait indéniablement quelque chose de mignon, d'adorable, même. Elle semblait si faible. Inadaptée aux règles physiques de notre monde. On avait envie de la protéger, de la câliner, de l'aimer. On était mangé par la compassion.

Seulement, le tantale puait. Je me souviens d'une odeur d'œuf frit. D'huile de jonque, aussi, et de vieux canapé. Une odeur à révolter l'univers tout entier. La puanteur était telle que les glaïeuls sages fanèrent en quelques minutes et que le nid de taons qui empesait la gouttière du château-nain se mit à fondre. Le pont plat s'effondra et la température monta de huit degrés. L'animal empestait à vous faire saigner du nez (ce que je fis), à vous rendre aveugle (Bertille le resta pendant plusieurs mois), à vous démettre l'épaule (pauvre Papy), ou à vous faire tomber enceinte (Minh eut de beaux jumeaux). Panique générale. La réalité commençait elle-même à s'altérer sous les assauts des infects effluves. Les sapins-rois se désagrégeaient, striés d'ondes viles ; la maison-maître, dont l'existence était intermittente, clignotait comme un stroboscope ; la pelouse reine bouillonnait et le pipe-line gonflait à vue d'œil, distordu, instable ; tout était sur le point de lâcher. L'univers flanchait et nous filions droit au Grand Déchirement – celui annoncé il y a quatre cents ans par Nicolaï d'Augbourg (rappelons-nous son avertissement : « *Unk mog dies raz-nas-wol : ild diegel shanerein nunc teknoshtaleu* »). Nous savions que la réalité ne tiendrait pas longtemps.

— Une odeur pareille, cria Minh entre deux quintes de toux, ça n'est pas un simple phénomène corporel. C'est une agression. La créature nous attaque.

C'est alors que l'on entendit le cri de guerre de Phéodora, ce cri devenu légendaire, qui est scandé aujourd'hui encore par les gosses de la région lorsqu'ils jouent aux soldats : « Alalia ! Alalia ! » Elle sortit de la crypte aux six fièvres en brandissant le glaive sacré de Magnus la Vipère. L'arme faisait la même taille que la petite femme et n'était sans doute pas loin de peser le même poids. Elle qui, d'habitude, boitillait dans les chemins, bossue, sèche et grincheuse, la voilà qui galopait comme un furieux soldat. Elle se faufila entre les tentacules du tantale avec une inexplicable souplesse et le frappa au flanc. La créature mugit de douleur, glapit, gesticula, agitant ses membres gluants, la gueule ouverte, braillante. Ses yeux noisette virèrent au charbon, pétillant de fureur et d'impuissance. Son corps se mit à se tasser. À rétrécir. Le tantale *se vidait*, dans un ignoble bruit d'évacuation. Derrière lui, triomphale,

Phéodora célébra sa victoire en répétant son cri : « Alalia ! Alalia ! » La guerrière redoutable avait terrassé le dragon. Son glaive avait percé le tantale comme une baudruche. L'intérieur du corps de l'animal, composé d'un liquide translucide (était-ce de l'eau ?), se déversa par la plaie dans le grand cratère provoqué par l'impact de son atterrissage. En quelques minutes, la fosse se remplit entièrement de la substance qui constituait la créature.

C'est ainsi qu'est né le lac aux Soupirs dont les eaux limpides s'illuminent chaque soir, une fois la nuit tombée, de crépitements phosphorescents. Tous les lacs du coin, devais-je apprendre, toutes les mares, les étangs, sont nés exactement de la même manière : de l'éclatement d'un tantale. La région est fréquemment frappée par ces créatures, dont on ne sait pas grand-chose. Elles vous tombent dessus comme les plaies sur l'Égypte. Qui sait, peut-être les océans eux-mêmes sont-ils les restes immémoriaux de tantales gigantesques.

La puanteur, avec les années, a fini par s'estomper. Chaque soir, à la tombée du jour, on peut entendre un souffle frémir à la surface des eaux. Un bruissement discret, plaintif, très lointain. Certains experts en ingénierie aquatique affirment que ce phénomène est produit par les rouages du barrage des Trois-Filantes, qui grincent lorsque l'eau emplit les canalisations ; tous les Portemer savent qu'il s'agit des gémissements du tantale. Informe, il clapote dans son cratère et n'en finit pas de souffrir, torturé par sa propre évaporation.

— Votre grand-mère était très respectée dans la région, me dit Mehouad avec tristesse. C'était quelqu'un, comme on dit. Une vraie dame.

Je me souviens d'une soirée, peu de temps après l'éclatement du tantale, où nous nous étions tous réfugiés dans la grange aux poux pour échapper à un terrible orage. Pour passer le temps, Papy nous a demandé de répondre les uns après les autres au fameux questionnaire de Proust (questionnaire, il faut le préciser, dont l'écrivain n'est pas l'auteur, pour avoir repris quasiment à l'identique un jeu d'enfant anglais des années 1860 ; c'est *son* questionnaire parce qu'il aimait y répondre, voilà tout). Voici quelques-unes des réponses de Phéodora, aujourd'hui tatouées sur son tibia :

Ma vertu préférée. L'oubli.

La qualité que je préfère chez un homme. L'obéissance.

La qualité que je préfère chez une femme. La brutalité.

Le principal trait de mon caractère. Clairvoyante, jusqu'à la douleur.

Ce que j'apprécie le plus chez mes amis. Le fait qu'ils partent tôt.

Mon principal défaut. Le manque de cran – je n'ai jamais osé abandonner les miens, alors que tout ce qui a trait à la famille me répugne.

Mon occupation préférée. Traire mes adorables tiques.

Le pays où je désirerais vivre. Celui où personne ne poserait de question.

La couleur que je préfère. La transparence. Celles des larmes, du verre et du pouvoir.

La fleur que j'aime. La rose à crocs des serres de Salieux-le-Purin.

Mes auteurs favoris en prose. Tous menteurs. Tous à haïr.

Le fait militaire que j'admire le plus. Mon assaut du tantale. Héroïque.

Le don de la nature que je voudrais avoir. L'absence de remords.

Comment j'aimerais mourir. Par choix – suicidée.

Les fautes qui m'inspirent le plus d'indulgence. Le pardon et la pitié.

Ma devise favorite. Viser bas. Taper juste.

Quelques années plus tard, au questionnaire de Bernard Pivot, construit sur la même base, Grand-Mère a répondu :

Votre mot préféré ? Silence.

Le mot que vous détestez ? Moureville.

Votre drogue favorite ? Le lait de tique.

Le son, le bruit que vous aimez ? Les craquements de l'aube, quand le domaine s'étire.

Le son, le bruit que vous détestez ? Celui de l'éboulement des remparts dorés, qui me rappelle que je dois veiller sur nos terres, chaque jour, à m'en casser le dos et le cœur, pour repousser l'irrémédiable avancée des ruines et sauver ce qui peut l'être. Celui de l'affaissement des falaises molles, qui hurle dans la nuit : « *Tu n'es pas à la hauteur, tu n'as pas les épaules, tu n'es pas digne ni capable de protéger le domaine, et pourtant telle est ta mission.* » Celui de l'écroulement des chênes sauvages, qui me demande sans cesse : « *Réponds-tu à l'appel ? T'engages-tu à défendre le domaine jusqu'à la mort ? En fais-tu le serment ?* » et auquel, tremblante, je réponds d'un murmure : « *Je réponds à l'appel. J'en fais le serment.* » Et je ne mens pas. Sans moi, la propriété est condamnée à se déliter, à dépérir et à finir en sable. Qui d'autre, pour veiller sur le domaine des Douves ? Pépin a la tête ailleurs. Il a vieilli. Les autres, les jeunes surtout, manquent de courage, d'expérience et de poigne. Il n'y a guère que moi pour protéger notre paradis des assauts du monde extérieur. Des tantales monstrueux, des hordes de hérons flasques et des tribus du pays d'Örkia. Mon rôle est sérieux et je suis redoutable. Il y a au mot « gardienne » une teinte mystique. Je l'endosse. Lorsque j'impose des tests salivaires aux invités, lorsque je chasse, par crainte des virus, les oiseaux migrateurs qui se posent par hasard sur le tournesol-roi, lorsque je prends la température des colporteurs de passage, les autres s'en amusent. Ils m'appellent « la sentinelle ». Je hausse les épaules, mais je sais qu'ils ont raison. Je suis une sentinelle. Je suis *la* sentinelle, et le domaine mourra avec moi.

Votre juron, gros mot ou blasphème favori ? Fleur de pisse ou, pour les grandes occasions, saint-pourceau l'enculade.

Un homme ou une femme pour illustrer un nouveau billet de banque ? Tom Harcourt. La Rampante du Levant. Ou moi, à la rigueur.

Le métier que vous n'auriez pas aimé faire ? Comtesse. Non, écailleuse de flétan.

La plante, l'arbre ou l'animal dans lequel vous aimeriez être réincarnée ? Les glycines royales du poulailler de plein champs, dont la santé et l'éclat dépendent de l'humeur de Pépin – elles resplendissent lorsqu'il est joyeux et fanent dès qu'il est amer.

Si Dieu existe, qu'aimeriez-vous, après votre mort, l'entendre vous dire ? Quelles sont vos consignes, Madame ?

Cette femme méchante, agressive et sans tact gît aujourd'hui devant moi, bariolée de milliers d'histoires, son vieux visage plié, strié de rides, comme un tract chiffonné. Elle m'a toujours fait penser au personnage de droite des *Deux vieillards mangeant de la soupe* de Goya, le sourire en moins. Elle ressemble aussi beaucoup à la *Crucifiée de Paimpol* de Damien Leduc, avec toutes ses petites veines bleutées qui s'entortillent sur ses tempes comme pour lui dévorer le crâne. J'ai travaillé sur ce tableau pour le musée Gracq d'Alençon, il y a une dizaine d'années. À cette occasion, j'ai commis la faute professionnelle la plus grave de ma carrière. Une fois ma restauration terminée et le tableau livré, je me suis rendu au musée pour jauger l'effet final *in situ* (c'est une chose que je fais toujours après avoir achevé un travail). Le conservateur, un homme timide et souriant, aux petits soins, et la guide, un vrai puits de science, m'ont gentiment conduit devant la toile. J'ai eu le souffle coupé. Ce visage. Ce regard. Cette dureté. La femme suppliciée, c'était Phéodora. Elle me toisait de toute sa hargne. Sans le vouloir, intoxiqué par quelque renvoi de ma mémoire, j'avais prêté à la crucifiée les traits de ma grand-mère. C'était presque invisible. Une touche de noir de Cybel d'un coté, un trait d'ocre lent de l'autre. J'avais à peine altéré la ligne du menton du personnage, assombri très légèrement son regard, peut-être souligné un peu ses cernes. Ce n'était quasiment rien. Pourtant, le visage était transformé. C'était maintenant celui de Grand-Mère. Mon inconscient avait réussi son coup, tout en finesse – je ne m'étais rendu compte de rien lorsque j'avais le nez sur le tableau. Je l'avais rappelée à moi. Qu'est-ce qui m'avait pris ? J'étais terrorisé à l'idée d'être découvert. Je risquais ma réputation, ma carrière, mon avenir. Pourtant, ni le conservateur, ni la guide, ni personne d'autre depuis ne devaient remarquer la transfiguration de la crucifiée. Je me demande parfois si ce jour-là, pendant ma visite, je n'ai pas rêvé cette ressemblance. Peut-être n'était-ce après tout qu'une apparition. Une vision. Je n'ai jamais osé retourner au musée Gracq pour m'en assurer. Au fond de moi, cependant, quelque chose sait : Phéodora m'y attend, l'œil écarquillé.

Par la force des choses, c'est elle qui m'a élevé. Ma mère était un sac de douleur et de violence, et je n'avais pas de père. Plutôt, mon père était un tabou. Un silence de plomb, planté de toute sa masse dans les terres du domaine. Pas question de prononcer son nom. Je n'ai rien su de lui jusqu'à mes quinze ans. Quelques jours avant la noyade de ma mère et, donc, avant ma fuite, Phéodora m'avait convoqué dans le crématorium. Elle portait ses sabots rouges, ce qui était le signe d'une annonce solennelle (lorsqu'elle était en colère, elle enfilait les bleus ; elle chaussait les verts pour ses vilaines déprimes ; les jaunes, destinés aux jours de grande joie, ne furent jamais portés). C'était sa manière de nous avertir. Les sabots rouges me disaient : « *Le moment est sérieux* » ; ils disaient : « *Voici un tournant de ta vie* » et : « *Tu vas devoir choisir* ».

— Assieds-toi. Non, reste debout, c'est mieux. Après tout, fais comme tu veux, je m'en moque.

Phéodora me scrutait de ses petits yeux brillants. Elle avait un regard que je ne lui avais jamais vu. Elle semblait *curieuse.* Ce qui était inimaginable.

— Tu as quinze ans, n'est-ce pas ?

— Oui, Grand-Mère.

— As-tu passé l'épreuve du croule-bouillon, comme le veut la tradition ?

— Je l'ai passée. Avec succès.

— As-tu cueilli la rose à souffrance et désossé le raton brûlant ?

— J'ai fait tout cela. Et j'ai franchi le mur de chiens.

— Bien. Sais-tu ce que ça signifie ?

— Oui. Que je suis un homme.

— Que l'enfant en toi est mort. Que tu n'as plus d'excuses.

Elle alluma l'un de ses longs cigarillos au maïs, savoura la fumée âcre en me toisant du coin de l'œil, puis cracha au sol un criquet mâchouillé.

— Aujourd'hui, je dois te dire des choses, mon garçon. Des choses que tu ne veux pas entendre. Qui devraient peut-être rester enterrées au fond des bois. Le moment est venu.

Elle cherchait mon regard, mais j'évitais le sien. J'avais peur de ce qu'elle pourrait y voir.

— Je vais te raconter la vérité sur ton père. Ce sera difficile. Tu vas traverser beaucoup de souffrances. Je pense que tu vas me supplier de me taire, mais je continuerai. Tu sais, je ne vais rien t'épargner. Aucun détail. Il faudra tout écouter. Tout ingurgiter. Lorsque tu découvriras l'identité de ton père, le monde tel que tu le connais va s'effondrer, pour ainsi dire. C'est une histoire ignoble. Révoltante. Des choses pareilles, on ne s'en relève pas. On n'en guérit pas. Mais que veux-tu ? C'est une souffrance que l'on te doit.

Phéodora jeta son cigarillo dans l'un des crématoires, qu'elle referma en faisant claquer la porte d'étain piqueté.

— Tu ne diras pas à Pépin que je continue de fumer, hein ? Il me renverrait aussitôt voir le professeur Kobaltek, et je n'ai pas la force de me farcir à nouveau les heures d'hypnose et le traitement à la sangsue. Ça sera notre secret, d'accord ?

Je n'avais jamais eu ce degré de complicité avec elle.

— Lorsque tu sauras la vérité affreuse (la Chose qui Souille, comme dit ton grand-père), tu devras faire un choix. Tu pourras encaisser la douleur, faire avec et tenir bon, mais tu auras aussi la possibilité de tout oublier, de purger ta mémoire de ce que je t'aurai dit. Faire table rase et repartir « comme si de rien n'était ». Ce choix t'appartiendra. Tu es un homme, aujourd'hui, et ce n'est pas à moi ni à quiconque de décider ce qui doit t'être caché. Tu feras ton choix.

Elle se mit à ricaner en plissant les yeux.

— On a fait un pari, avec Papy. Lui est persuadé que tu peux tenir le coup ; pas moi. Je pense que tu préféreras oublier. Tu voudras retourner à ton innocence plutôt qu'être accablé par les tonnes d'abjection. À un certain niveau de dégueulasserie, l'ignorance est un instinct de survie. Mais qui sait ? On verra bien !

Phéodora m'attrapa le poignet.

— Tu trembles comme une feuille. J'imagine que c'est normal, avec ce qui t'attend.

— Est-ce que tout cela est vraiment nécessaire ?

— On ne peut plus reculer, dit-elle en haussant les épaules. Voici, mon garçon, la vérité sur ton père :

Quelque chose advint.

— Chouette, Pépin me doit deux bouteilles d'huile de nénuphar ! Ça va le faire enrager !

Mes jambes étaient pleines de fourmis, mon cœur battait à toute allure et une douleur aiguë laminait mon épaule gauche. Quelques taches sombres dansaient dans mon champ de vision. Phéodora, elle, s'essuyait les mains, qui étaient enduites d'une substance aqueuse et jaunâtre. Je remarquai qu'il faisait nuit noire. On était pourtant en milieu d'après-midi. Une minute (une seconde) plus tôt, un beau soleil aplatissait les pelouses du domaine. Le temps ne peut passer si vite. J'avais du mal à respirer.

— Qu'est-ce qui s'est passé ?

— Ne te fais pas plus crétin que tu ne l'es, dit Phéodora.

— J'ai choisi d'oublier.

— Évidemment. J'aurais fait pareil.

— C'est pour cela que le temps a filé d'un coup ?

— Ne pose pas de question dont tu connais la réponse. Ça n'est que du bavardage.

La période effacée, m'a ensuite expliqué Phéodora, a duré près de douze heures. Je n'ai pas pleuré lorsqu'elle m'a raconté la Chose qui Souille. J'ai même bien encaissé et posé beaucoup de questions, d'une voix blanche. Ensuite, j'ai pris le temps de la réflexion. Je me suis réfugié dans la cabane suspendue qui surplombait l'étang du bois aux Spectres.

C'était mon endroit favori pour réfléchir. Quelques années plus tard, en ville, je devais peindre cette scène, sur la base du récit de Phéodora, en imaginant les brumes du soir s'entortillant sur les pattes des hérons et les phasmes galopant à la surface bleutée de la rivière Patience – j'ai intitulé la toile *Reconstitution*, car, bien entendu, je n'avais aucun souvenir de tout cela. Je suis resté dans la cabane jusqu'à minuit à me triturer le cerveau, avant de revenir faire part de mon choix à Phéodora. Mon visage, m'a-t-elle dit par la suite, était livide et grave. Je chancelais. Elle a cru que j'allais m'évanouir, mais j'ai tenu bon. J'ai parlé d'une voix calme, nette et sans hésitation : je voulais oublier les horreurs qu'elle m'avait racontées. Ma décision était prise. Phéodora procéda à l'effacement et on ne me parla plus jamais de mon père.

Dans les semaines qui suivirent, je souffris d'affreux cauchemars. Des visions terrifiantes, fulgurantes, qui me suivaient ensuite pendant des jours. J'allais au lit terrorisé et restais de longues heures éveillé, les yeux écarquillés, avant de me laisser engloutir par le sommeil. On m'expliqua que ces cauchemars étaient le contrecoup de l'ablation mémorielle, un simple effet secondaire. Il ne fallait pas s'inquiéter. Mon cerveau expulsait les dernières miettes de souvenirs, des bribes qu'il ne pouvait rattacher à rien. Il se purgeait. Les images de ces rêves me hantaient. Je me souviens encore d'une longue silhouette brune qui se tenait à une fenêtre en gesticulant dans tous les sens, comme possédée ; de longs doigts gantés caressant un cou blanc ; d'un carreau d'émail fêlé ; d'une dent à moitié enfouie dans une motte de terre ; d'une serre d'épervier. Ces rots de ma mémoire semblaient former un jeu de piste, mais je ne voulais pas jouer : si j'avais choisi de biffer le chapitre que m'avait raconté Phéodora, ce n'était pas pour le récrire avec ces images rémanentes. De chacune d'entre elles, je fis un petit dessin, que je brûlai dans l'âtre du pavillon anglais. Une fois parties en cendres, les images me laissèrent tranquille. Une semaine plus tard, je dormais à nouveau sans crainte. La purge était terminée.

Sous les néons de la morgue, la peau de Phéodora brille d'un éclat verdâtre. Les lignes entremêlées de ses tatouages lui tissent un linceul de choix. Elle est étendue comme un livre ouvert. Maintenant qu'elle est morte, plus personne ne connaît l'identité de mon père. Le monde est enfin débarrassé de cette horreur. Pourtant, je peux parier que se trouve sur sa peau une trace de la Chose qui Souille. Une allusion, une référence, un indice quelconque. Qui sait ? Peut-être le nom de mon père, le nom interdit, est-il tatoué quelque part ? Sur la crête de l'épaule, autour de son poignet, dans le creux douillet de sa fosse poplitée. Je risque de le lire par hasard, et de tout comprendre. Je détourne le regard du cadavre de Grand-Mère. La lecture est terminée. Qu'on brûle ce vieux corps et qu'on me débarrasse des dernières preuves.

— C'est bon pour moi, dis-je à Mehouad.

— Oui, il va falloir partir, répond-il. Ma mère disait toujours : « Il ne faut pas retenir les morts. » Et puis la morgue va fermer.

Un nourrisson dort dans la vase. Il a l'air heureux. La vase, jaunâtre, lui tient chaud. Il s'enroule dedans comme dans une couverture. C'est la seule image qui me reste de la période effacée par Phéodora. Je ne sais pas pourquoi cette vision a échappé à la gomme mentale de Grand-Mère. Elle me revient souvent, comme une vieille bulle d'eau qui remonte des abysses. Elle surgit toujours au mauvais moment, flotte devant mes yeux un instant, puis disparaît. Elle ne me fait plus peur. C'est un simple rappel, qui semble me dire : « *Quelque chose s'est passé, qui a été détruit.* » Je trouve rassurant que tout n'échappe pas à l'oubli. Qu'il reste un dépôt, un souvenir agrippé. Une petite résistance à la démolition.

Pour vider ma mémoire, Phéodora s'était servie du Prince Coucou. C'était le nom du petit piano droit à ressorts que Rodrigue avait fabriqué quelques années plus tôt. La structure du Prince Coucou était en acacia dentelé et sa table d'harmonie avait été forgée dans du vent gelé. Le clavier en ivoire et en bois de noisetier présentait une dysorpie – il comptait un nombre impair de touches, quatre-vingt-sept, et cela rendait Papy complètement fou. Rodrigue avait inséré entre la caisse et le complexe réseau de cordes, d'inspiration viennoise, un système de refroidissement qui fonctionnait au radium. Ensuite, il avait entièrement peint son piano d'un bleu vif, pétant, ce qui donnait à l'instrument l'allure d'un jouet d'enfant. Pourtant, il avait un son chaud, ample et délicat, lourd d'harmoniques, qui révélait toute sa richesse sur les compositions de Chopin, d'O'Neil et de Sureau.

Nous avons découvert les propriétés mnémophages du Prince Coucou lors du concert de clôture de la Fête aux Congres. Rodrigue avait terminé son piano quelques jours plus tôt et brûlait d'envie de l'essayer en public. On ne l'avait jamais vu si fier, pas en tout cas depuis l'effondrement du donjon de corail, dont l'érection lui avait pris huit ans. Il irradiait. Ce jour-là, Pépin avait sorti le grand jeu pour recevoir les bonnes gens de la région. Le banquet était invraisemblable, les alcools rares et colorés. Des émeus de Ceylan et des élans aux yeux tristes déambulaient entre les convives, alors que les geysers du Bengale projetaient par intermittence des déluges d'étincelles dans la tiédeur du soir. Papy n'avait pas non plus lésiné sur l'animation. Il avait donné dans l'art monumental, en faisant reproduire à l'identique la catastrophe de Lake Hurst du 6 mai 1937, durant laquelle un ballon dirigeable qui faisait la fierté du Troisième Reich, le *Hindenburg*, s'était écrasé dans les champs de seigle du New Jersey, ravagé par les flammes. Trônant au-dessus de la pelouse reine du domaine, obèse et luminescent, le ballon était une torche grandiose qui flambait sans un bruit sur la toile orangée du ciel (ce colosse en lévitation, long de 246 mètres, repoussait les limites de l'école du reconstructivisme ; ce fut, je crois, mon premier véritable choc esthétique – peu après, je réclamais à Papy Pépin une toile et des pinceaux).

Le concert était le clou de la soirée. Un ensemble à cordes se lança dans une réinterprétation pimpante du *Doloris Nativa* de Schumann, avant de reprendre *Prélude à l'Injection* de Gieber et le beau *Métastases* d'Otto Kuntz. Il y avait une ambiance du tonnerre. Puis on installa le Prince Coucou au-devant de la scène. Rodrigue, qui portait une capelette dorée et son plus beau jabot, s'avança tel un matador, le menton relevé, digne et cambré, les yeux mi-clos. Le public fit silence. Il s'installa sur son petit tabouret à pneumatiques, se racla la gorge et entama son récital. La première pièce était la *Variation sur le Vorace Cantibile* de Tocci. Rodrigue plaqua un accord diminué, qui résonna longuement. Puis il s'arrêta, les yeux hagards, et se gratta la tête. Un murmure parcourut le public. Rodrigue, lui, parlait tout seul. Il s'agitait, remuait les mains, marmonnait dans sa barbe. Au bout de quelques minutes, il se leva, les bras ballants, et nous dit, balbutiant, au bord des larmes : « Pardon… c'est… un trou de mémoire » avant de s'enfuir dans les coulisses et d'aller se terrer au poulailler.

Ma cousine Bertille, excellente pianiste, réagit dans la seconde, enjamba les barrières et monta sur scène. Elle entama aussitôt une petite mazurka de Rabotz, joyeuse et insolente. L'air vibrait de façon étrange ; j'avais l'impression de pouvoir toucher les notes, de les voir onduler. J'entendis Minh dire : « C'est charmant. Mais comment s'appelle-t-elle, déjà, cette petite ? » Je ne sus pas lui répondre. Personne ne put le faire, pas même Clara, la mère de Bertille. Nous restions penauds, bouche bée. Les notes de Rabotz semblaient avoir effacé son prénom de nos mémoires. Nous avions tous dans la bouche un goût âcre, mélange de cerise et de pain noir. Lorsque ma cousine cessa de jouer, elle avait le même regard troublé que Rodrigue. J'aurais aimé prendre son relais, venir à sa rescousse, mais je ne me rappelais plus si je savais jouer du piano. Qu'avais-je oublié d'autre ? Phéodora fut, comme toujours, la première à comprendre : le Prince Coucou affectait nos mémoires. « À chaque mesure, à chaque note, des pans de souvenirs se décrochent. »

L'oncle Théo contacta des scientifiques soviétiques qui validèrent la théorie de Grand-Mère : les fréquences du piano, sans doute en raison des pistons à pulsion concave, endommageaient la structure neurologique de l'auditeur. Elles faisaient tout bonnement « griller » des cellules du cortex ipotal, détruisant au passage les souvenirs qui leur étaient associés. Le Prince Coucou émettait des « ondes gloutonnes », nous expliquèrent les frères Kakov, avec leur accent amusant. Ces ondes, en fonction du morceau joué, ciblaient des souvenirs et les réduisaient en poudre. C'était, heureusement, indolore. La poudre de souvenir était ensuite évacuée du corps par les voies naturelles et filait aux égouts. Les Kakov comprirent vite ce que l'on pouvait faire d'une pareille découverte ; les autorités soviétiques surent tirer le meilleur de cette technologie en Ukraine et en Basse-Carélie.

De son côté, Phéodora se mit à disséquer le fonctionnement des ondes avec une curiosité féroce. Elle s'enferma pendant des semaines au laboratoire et mit à la torture des générations de souris, qu'elle épuisa dans d'innombrables labyrinthes. Avec le temps, elle finit par apprivoiser l'instrument. Elle savait quel fragment de mémoire affecterait telle ou telle mélodie : elle pouvait ainsi cibler un souvenir donné, pour le détruire grâce à une petite sonate ou une marche militaire. Tom Harcourt, qu'alourdissaient des kilos de traumatismes n'attendant qu'à être éradiqués, lui servit de cobaye ; depuis lors, il n'a plus aucun souvenir du terrible séjour dans la fosse à mangoustes de Saint-Soublier-l'Ardoise que lui avaient infligé ses parents. Phéodora frappait en chirurgienne, en virtuose. Elle identifiait la gamme associée au souvenir encombrant, ajustait les nuances et procédait à l'ablation. Très vite, sa thérapie par l'oubli fut connue dans toute la région. On vint du canton de Pelletois et des dunes d'Armoise pour profiter de ses miracles. Les files d'attente étaient interminables. Tout le monde avait quelque chose à oublier.

Et puis un jour, sans plus d'explication, Grand-Mère décida qu'elle en avait assez fait. Elle s'enferma à double tour dans sa chambre et ne céda à aucune des implorations de ses adorateurs. On parvint de justesse à éviter l'émeute. J'imagine qu'elle était fatiguée de purger les souvenirs. Je n'aimerais pas avoir à faire ça – exterminer le passé. Après la retraite de Grand-Mère, on rangea le Prince Coucou au fond des caves sèches du domaine. Il fut à son tour oublié. Je crois qu'il n'a pas été ressorti des ténèbres jusqu'au jour où Phéodora a évacué de ma mémoire le nom de mon père.

— Vous avez vu, monsieur Cardinaud ? dit le greffier. Regarde ça, Mehouad !

Sous la fesse de Phéodora se trouve un texte en petites lettres tordues que je n'ai pas eu le temps de lire (j'ai dû parcourir à peine un dixième du parchemin qu'est devenue ma grand-mère ; elle peut prétendre au statut d'œuvre au long cours). Le titre d'un article a attiré l'attention du greffier : « *Pourquoi il faut que tout brûle.* » Une confession de la tatouée ? Phéodora avouait-elle avoir planifié l'incendie de la maison-maître ? Nous tentons tous les trois de déchiffrer le texte signé par ma grand-mère, en nous tordant le cou et en plissant les yeux.

Mon père, Roland-Anis Novarina, dit l'Entonnoir, souffrait de gigantisme. Il mourut en 1938, à l'âge de quarante-cinq ans. Il mesurait alors deux mètres soixante et un. On l'enterra dans la crypte située sous le grand salon de la maison-maître. Mais après sa mort, dans son sarcophage de noisetier, son corps a continué à grandir. Selon mes calculs, il a dû prendre une trentaine de centimètres par mois. Il ne lui fallut que quelques semaines pour faire céder le bois de son cercueil. Puis ses pieds ont transpercé les murs de la crypte et se sont enfouis dans la terre noire des sous-sols. Soixante-deux ans après sa mort, j'estime qu'il doit mesurer près de vingt-cinq mètres. Sa main fait probablement deux mètres vingt. Son énorme cadavre croît sans bruit dans les profondeurs, tordant la croûte continentale. La semaine dernière, quelque chose d'extraordinaire s'est produit…

La lecture devient difficile. L'écriture est de plus en plus fine, racornie et tortueuse.

— Attendez, dit le greffier, qui court jusqu'à une immense fenêtre dont il tire le rideau d'un geste sec.

La tenture glisse à toute vitesse et laisse une vague de lumière engloutir la pièce. Mehouad sursaute et se protège les yeux. Je grimace, aveuglé. La lumière incandescente enveloppe Grand-Mère, qui a l'air de scintiller. Son corps est soudain traversé par un frémissement, comme s'il était agressé par cette clarté violente. Je m'approche de son visage. Son œil change. Il s'éclaircit. Il me regarde. Bon sang. *Elle me regarde.* Puis le cadavre se met à vibrer. Il tremble, semble se contracter un instant, hoquette, il y a comme un souffle, un souffle tiède et triste, puis, sans un bruit, devant nos yeux ébahis, le corps s'effrite, se désagrège. Il tombe en poussière. Plus personne n'ose faire un geste ni émettre un son.

— L'haleine du Diable, lâche enfin le greffier. C'est l'haleine du Diable…

Mehouad et moi restons interdits. L'inspecteur ferme les yeux et murmure dans sa barbe quelques mots en arabe. Des kilos de sable beige gisent sur la table, inertes, sans souvenir de ma grand-mère. J'ai l'impression d'être un pillard dans une chambre funéraire égyptienne. Comme si nous avions forcé un sarcophage et faisions l'objet d'une mystérieuse malédiction. Je m'enfuis.

Quelques instants plus tard, je fume une cigarette sur le petit parking de la morgue. Au-dessus de la ville, des nuages en chassent d'autres, des vents insensés mugissent sans but, des moteurs dantesques vrombissent, de gigantesques oiseaux crachent sur les passants, des ailes claquent, froides et hostiles, d'antiques créatures s'enivrent de hauteur, des yeux d'un autre temps glissent sur les plaines et y contemplent, qui prolifèrent, les inventions des hommes – leurs routes, leurs usines, leurs zones commerciales, leurs petites prétentions, fragiles et dérisoires, vouées à finir en ruines, leurs barrages, leurs ponts, toutes ces pyramides, ces temples, ces murailles, ces édifices sans nombre par lesquels nous confessons : « C'est ainsi que nous passons le temps. » Mehouad vient me chercher, je lui offre une cigarette. Nous restons silencieux, à fumer. « Allez », dit-il simplement en jetant son mégot. Je lui emboîte le pas. Il faut finaliser la procédure.

Pendant le reste de la matinée, j'ai la sensation de flotter dans du coton. Les sons semblent étouffés et mes mains fourmillent de picotements. Une affreuse nausée m'aplatit l'estomac. Lorsque je parle, je ne reconnais pas ma voix. On me demande de signer des papiers. Je m'exécute, mécaniquement. L'animal prend le relais. Je n'arrive pas à chasser l'image de l'affaissement du corps de Grand-Mère. On aurait dit de la poussière vivante. Quelque chose de maléfique rôdait. On prend mes empreintes. On me rend mes papiers. Mehouad n'ose pas croiser mon regard. Il a l'air terrifié. Comme s'il avait vu un fantôme. Je lui demande ce qu'ils feront du sable. « Il faut que je me renseigne. Ce n'est pas une procédure habituelle. » Il me regarde longuement, s'apprête à ajouter un mot, mais quelque chose semble le retenir. Il reste silencieux.

Je remarque pour la première fois à quel point il a l'air abattu. Il se tient courbé, comme un vieillard. Sa peau est d'un gris inquiétant. On dirait qu'il est couvert de poussière. Le greffier a le même teint usé. C'est comme s'il se tenait derrière un voile opaque. Ces hommes blafards ont l'air dévitalisés. Vides et égarés. À la réflexion, c'est également le cas de la directrice de la morgue, que j'ai croisée tout à l'heure. Elle avait l'air éteinte. Sa peau était sèche et sans vie. Une peau de spectre. La boulangère aussi, qui m'a tendu un chausson à l'origan d'une main tremblotante, l'œil jaune, épuisée. Et ce matin, le punk anémique et bavard allongé à l'entrée du parking, à qui j'ai donné trois sous, avait la même ombre fantomatique sur le visage.

— Vous n'êtes pas du coin, vous, m'a-t-il dit. Vous ne savez pas, pour les éclairs, hein ? Il y a beaucoup d'éclairs, ici. Beaucoup trop. Les scientifiques disent que ça n'est pas possible, sur le plan statistique. C'est comme un gros nœud de coïncidences, tellement la foudre frappe souvent. Toutes les nuits, des éclairs, et des terribles ! Vous savez, j'ai été maire, avant, maire de ce village. Et regardez-moi aujourd'hui. Ce sont les éclairs. Ils se sont acharnés. C'est comme ça que j'ai perdu ma maison. Elle a explosé sous l'impact. Et ma femme, pareil. Vous ne me croyez pas ? Tenez, regardez mes cicatrices. Je me suis pris huit décharges, rien que l'année dernière. Je suis farci d'électricité, une pile ambulante – le médecin a dit « Vous êtes un groupe électrogène à vous tout seul ». Je me balade avec ça (il brandit un petit parapluie noir muni d'un pic d'acier, qui, imagine-t-il sûrement, est censé capturer la foudre), mais ça n'y fait rien. Les éclairs sont d'un genre spécial, ici. Ils sont comme liquides. Ils vous repèrent et ils se jettent sur vous. De vrais lassos. Vous savez d'où ça vient ? C'est que tout ici est comme maudit. Il y a des choses mauvaises qui rôdent. Moi je suis sûr que c'est à cause des antennes radioélectriques de Pieux-sur-Miserai.

Ma voiture transperce les épais rideaux de brume qui stagnent sur la route de Jouvion ; le brouillard, fracassé par mon bolide, se déchire dans un vacarme et tombe au sol en cristaux. Je n'ai jamais aimé la vitesse, mais je suis incapable de ralentir. J'ai la sensation que ce pays me chasse. Je ne suis pas à ma place ici. Tout est en train de pourrir. Les choses et les gens. Tout s'érode. Une dernière nuit au domaine et je rentre à Clichy. Je réglerai la succession et la vente par téléphone. Mon escapade est terminée.

En approchant du domaine, je me demande si les bâtiments se sont effondrés pendant mon absence. Peut-être se sont-ils changés en sable, comme Phéodora. Peut-être ne sont-ils plus que des souvenirs en poudre.

J'imagine d'immenses dunes, placides, à la place des terres familiales. Des dômes de sable, à perte de vue. Je me vois tituber, haletant et assoiffé, dans ce désert jaune recouvrant les jardins inversés, les champs de gomme noire, les rivières immobiles, les marais, les glaciers. Un vrai Sahara desséchant mon enfance. Un vent aride fouette les flancs de la dune. Le sable, propulsé de sommet en vallée, perd sa densité. Il fatigue. Il oublie.

Je ne sais plus ce que je suis venu chercher ici. Quel secret assoupi. Quelle révélation. Il n'y a que de la poussière. Mais une voix me souffle : « *Attends. Attends encore un peu.* »

Je franchis la grille et m'engage dans l'allée. Une étrange lumière rosée enveloppe le domaine. Une lumière douce, pastel, qui a quelque chose de surnaturel. Comme si elle venait d'une autre dimension. Je coupe le moteur et me gare au parking végétal. Un vent joyeux siffle dans le soir. Il danse sur les larges feuilles des palétuviers, s'élance sur la canopée, saute vers le ciel étoilé et se dilue dans l'immensité.

Il y a du mouvement dans la maison-basse et des silhouettes sur les pelouses.

Quelqu'un vient dans ma direction. Un petit garçon à l'air inquiet, qui agrippe un ballon rouge sang, s'approche. Il ne semble pas me voir. Une curieuse lumière émane de lui. Son visage ingrat me dit quelque chose. Soudain, je le reconnais.

C'est moi.

CHAPITRE V

Dans son ouvrage *Nouvelle configuration du temps* (1998), Justine Thiers avance une théorie selon laquelle la « forme du temps », pour paraphraser Héraclite, ne serait ni linéaire (physique newtonienne), ni tubulaire (seconde théorie des cordes), pas plus que circulaire (paradoxe de Planck), mais *feuilletée*. La physicienne défend une géographie stratifiée de l'expérience temporelle, qui permettrait d'expliquer le comportement du boson de Higgs en gravité nulle et l'échec de la théorie des quantas pour appréhender la variable de Reich. En clair, son modèle envisage le temps comme une sorte de mille-feuille. Elle en déduit une *tectonique des plaques du temps* et prouve dans la foulée l'existence (au moins théorique) de *débordements* du passé : selon Thiers, les blocs de temps subissent de telles distorsions gravitationnelles qu'il arrive qu'ils se chevauchent, comme le font les plaques continentales, générant des phénomènes d'éruption temporelle. Le passé ne peut pas revivre, à proprement parler, mais il réunit en physique générale les conditions de réapparaître. À la manière d'une réplique, un événement d'une couche inférieure de temps serait susceptible de faire irruption dans le présent sous une forme holographique, plus ou moins visible. Thiers établit en effet que la lumière générée par un événement ne disparaît pas, mais s'éloigne ; dans des conditions extrêmes, elle peut être amenée à s'approcher à nouveau. À revenir.

Personne n'est parvenu à réfuter la théorie austère, rigoureuse et documentée de la jeune Québécoise. Néanmoins, son travail a été soigneusement mis au placard par l'Université et les institutions scientifiques de son pays ; son livre n'a pas été commenté dans les médias, ou alors seulement à la marge, dans la presse régionale (« Justine Thiers ou les vieilles lunes du voyage dans le temps », peut-on lire dans *Nouvelles du Saskatchewan*). Il est vrai que son modèle ouvre le champ à toutes sortes d'interprétations farfelues, étant donné qu'il peut être considéré comme la preuve formelle de l'existence des spectres. Dans sa théorie, toutefois, ces « fantômes », qui seraient indifféremment des minéraux, des paysages, des océans ou des hommes, n'auraient pas d'interaction tangible avec notre monde. Ils seraient une simple empreinte lumineuse et momentanée du passé, comme un écho. Ou, plus exactement, comme une projection. La projection d'une image révolue.

Des années après la publication de ses travaux, alors qu'elle était revenue à ses recherches sur la structure fondamentale de la matière, son travail a été porté à la connaissance du grand public par les réseaux sociaux. Fin 2003, le navire principal de Hernán Cortés, la *Santa Sangre*, est apparu pendant une dizaine de minutes dans l'estuaire du fleuve Yukon, au Canada belge, avant de disparaître subitement. On trouve encore sur le Net quelques photographies de l'événement, plus ou moins fiables, plus ou moins nettes. Sur ces images, le formidable bateau semble irradier – il émet distinctement une lumière rosée. L'événement a stupéfait les Canadiens et semé une pagaille terrible dans le monde scientifique. Aucune explication ne convenait. Les autorités ont conclu à un canular d'étudiants vidéastes, mais personne n'était dupe. Des lecteurs diffusèrent sur le Net les théories de Thiers, qui furent intensément partagées sur les réseaux, notamment sur Déclic et Glimpse. Comme souvent dans les cas de cette nature, les hypothèses soutenant le modèle de la scientifique furent caricaturées et vulgarisées à outrance, vidées de leur substance, au point de devenir un simple slogan : « Le passé est de retour. »

Lorsque j'ai découvert les théories de Thiers à la radio (« Les Grandes Ondes », Radio X, 13 février 2004), j'ai pensé aux mammouths radieux de la Saint-Serge, au majestueux dolmen qui flottait parfois quelques mètres au-dessus des eaux de la Grave, à l'étrange silhouette du Neandertalien aperçue par un matin neigeux de mai – des apparitions furtives et incompréhensibles. Nous pensions tous qu'il s'agissait d'hallucinations provoquées par les tempêtes de pollen ou par le ragoût d'Igor. Je me souviens de l'éclat rosé de ces images. Elles avaient quelque chose de doux et de triste. Une certaine transparence. Il s'agissait en fait d'éruptions temporelles. Ce devait être aussi le cas de la couleuvre géante du premier grenier ; de la colline ardente qui est apparue pendant quelques heures dans le champ de foudre ; et du moulin luisant. En me renseignant davantage sur les travaux de Thiers, je conclus que les poussées survenant au domaine étaient d'une fréquence suspecte. En quinze ans, dont quatre sous couveuse, j'ai assisté à une bonne dizaine de résurgences ; depuis, en vingt-cinq ans, pas une seule. Le domaine des Douves est sans doute situé sur une zone d'interférence, à la frontière entre deux plaques. Peut-être la polarité intense de ses sous-sols corrompt-elle le flux temporel. Il est vrai que le temps a toujours semblé différent, sur ces terres, comme tremblant, incertain, instable.

Le garçonnet au ballon rouge en face de moi est traversé des mêmes lueurs rosées que les spectres que j'ai observés dans mon enfance. Me voilà au beau milieu d'un jaillissement de passé comme je n'en avais jamais vu ; une monumentale éruption temporelle, torrentielle et surpuissante. Le petit fantôme aux joues sales et aux genoux écorchés est d'une netteté confondante – il a l'air réel. Je lui donne (je *me* donne) sept ou huit ans. Je reconnais son gilet bleu à grosses mailles, dont je me rappelle l'odeur de gaufre et de pistou. J'avais en revanche oublié à quel point mon visage était grave. Je m'accroupis pour bien m'examiner. Mon spectre est tout à fait sinistre. Je m'imaginais lunaire, renfermé, timide, mais pas sombre à ce point. Morne, presque anémié. L'enfant triste jette aux douves des regards anxieux, comme s'il pressentait le drame qui l'y attend. Il a l'air seul. Il l'est. Je cherche quelque chose à lui dire, un mot réconfortant, même si je sais qu'il ne peut pas m'entendre, parce qu'il n'est pas la vie, mais sa représentation.

— Maman, dis-je. Elle comprend ce que tu lui dis. Tu peux lui parler. Seulement elle est incapable de répondre.

Je me sens ridicule de m'adresser ainsi à un bout de lumière. Le petit fantôme regarde toujours vers les douves, les yeux écarquillés. Une énorme tortue y flotte, lumineuse elle aussi ; lourde et maladroite, elle tente d'en sortir, sans y parvenir. Ses petites pattes grotesques patinent sur les berges de pierre. Elle trébuche, s'obstine, s'épuise, panique. Elle se cogne le menton, gémit probablement. Le garçon ramasse un caillou (rosé) et le soupèse. Il s'assure que personne ne le surveille, prend son élan et jette la pierre de toutes ses forces sur la tortue. L'œil de l'animal explose sous le choc. L'enfant prend ses jambes à son cou et file vers la grande pelouse. Gamin sadique. Dire que je me prenais pour un rêveur.

J'emboîte le pas du garçon. Nous arrivons sur la grande pelouse. Devant nous, la maison-maître se tient debout, crânement. Comme si l'incendie qui l'a détruite quelques jours plus tôt n'avait pas eu lieu. Les cheminées Jean XI, qui se sont pourtant effondrées lors de la tempête de 1999, surplombent la bâtisse. Réminiscences. La maison, elle aussi, est une projection du passé. L'image de sa grandeur disparue se superpose sur ses propres ruines, sur ses cendres froides. Deux temps, un seul lieu.

Des dizaines de silhouettes déambulent sur la pelouse, dégageant des clartés qui donnent au paysage des teintes d'aquarium. Je m'approche doucement. Le long de l'allée, les flambeaux crépitent de toutes leurs flammes ; les enfants se pavanent en riant sur les dos fatigués des lamas du vieil Amédée ; une longue dame me frôle : c'est Clara. Elle est plus belle que dans mon souvenir, son visage est plus doux. Clara, qu'une pneumonie foudroyante a emportée voici trois ans. Je frissonne. Elle trinque avec Sven, dont le visage tordu, qui me terrorisait jadis, me semble moins effrayant que triste et laid. J'ai la sensation d'être un mort traversant sa vie à rebours. J'erre dans mes souvenirs, comme un peintre dans une exposition de ses toiles de jeunesse. Au centre de la pelouse, quelques centimètres au-dessus du sol, flotte une formidable boule d'eau. J'y passe la main, qui, naturellement, traverse la surface luminescente de la projection. Il s'agit de la piscine sphérique dont Papy était si fier et dans laquelle, enfants, nous adorions faire « la bombe ». Tante Minh y nage le dos crawlé avec élégance, la tête engoncée dans un bonnet rouge vif. Je ne la pensais pas si jeune.

Mon enfance, ce petit monde disparu, brûle ses derniers feux. Les revenants s'agitent dans le soir, innocents et joyeux. J'ai presque l'impression d'être avec eux, dans cette nuit chaude et calme. D'être l'un des leurs, à nouveau. Je reconnais cette soirée. Reconstituée par les émanations du passé, la fête des Moissons Rouges se rejoue devant moi. Comme le veut la tradition, les forgerons s'affrontent dans une épique partie de souche-tenaille au pied des quatre statues de stuc des Sœurs Venin érigées sous l'arbre à sang. De l'autre côté de la pelouse, près des bosquets sans nom, les lavandières et les huguenots se lancent dans une ronde endiablée. Un peu plus loin, caché dans l'ombre des lauriers noirs, le petit Moi contemple, transi d'admiration, la jeune Bertille – tournoyant avec agilité, souple et virevoltante, elle danse la Marionnelle comme personne. Petit-Moi est le seul à prêter attention à sa grâce. Il a le regard noir de désir. Il l'aime. Les souvenirs affluent. Comment avais-je pu oublier cet amour sombre et muet, qui a consumé mon enfance ? Mon premier amour. Celui qui a donné le ton. Petit-Moi serre les mâchoires et savoure sa souffrance. Bertille ne le voit pas.

Thiers définit les éruptions temporelles comme des expériences éphémères, car elles reposent sur des configurations cosmiques fugaces. Elles sont précaires et périssables. À tout instant, le rayonnement de mon passé peut prendre fin. Alors, les spectres roses s'estomperont et il ne restera plus de trace de cette réminiscence. Le film sera fini. Je n'ai plus beaucoup de temps et je tiens à les voir tous – mes disparus.

Sur un transat, le fantôme rosé de Rodrigue rêvasse, un sourire aux lèvres, en mâchonnant une tige d'algue des Vosges. Ses beaux yeux clairs, doux et délavés se perdent dans les nuages – il doit rêver de Hilke, de ses mains glaciales, de ses yeux jaunes et méfiants, de ses chevilles osseuses, et du meilleur moyen de la tirer des griffes de Léon de Moureville. Soudain, comme cela lui arrivait parfois, il éclate de rire, sans raison apparente. J'ai l'envie brutale de le serrer dans mes bras. Je n'avais jamais réalisé à quel point il me manquait. Je pensais m'être débarrassé de cette époque. Voilà qu'elle me rattrape.

J'aperçois, cachée dans l'arbre à cris, la silhouette de Yohan. Discret comme un chat, il semble glisser sur les branches. Il introduit un frelon de Belleville dans sa sarbacane, ajuste le tir et souffle. À une trentaine de mètres, Sven, qui allume un cigare, est frappé en plein cou. Sous le choc, il laisse tomber son havane dans l'assiette de tante Lou, dont la tarte au pétrole prend feu aussitôt. Lou, par réflexe, balance son assiette de toutes ses forces, qui fend l'air comme un frisbee, traverse la pelouse et vient se planter dans les replis de l'énorme ventre de Don Agostino, dont les vêtements s'enflamment à leur tour. Agostino se lève d'un bond, se trémousse dans une danse grotesque en s'extirpant de ses habits en feu, puis détale vers la maison-basse dans son caleçon rayé, donnant au passage un formidable coup d'épaule au vieux Bodard, dont le dentier est projeté tout droit sur l'arrière-train du chien Pagaille, qui, sous l'effet de la peur, mord à pleines dents le mollet menu de Cléo-l'Ange, laquelle bondit se réfugier dans les bras d'oncle Anatoli. Celui-ci, surpris, titube et pose le pied sur la planche à roulettes de Bertille. Il évite la chute avec virtuosité. Debout sur la planche en équilibre instable, avec Cléo-l'Ange dans les bras, il agrippe pour freiner sa course la longue chevelure du préfet Savart, qui laisse tomber sa pinte de bière rousse sur le pied de Georgette. La pauvre petite, le visage déformé par la douleur, sautille dans tous les sens et, pour éviter de s'étaler sur le sol, s'appuie contre un héron-lampadaire qui s'effondre sous son poids et qui, dans sa chute, vient cogner doucement le flanc du landau du petit Diantre. On entend un léger grincement. Le nourrisson se redresse en souriant, alors que son petit carrosse s'engage lentement, puis de plus en plus vite, sur le sentier pentu conduisant aux douves. Bertille, lorsqu'elle s'en aperçoit, laisse tomber son yo-yo et se lance à la poursuite du berceau. Tante Lou se rue à ses trousses, puis Léo et Théo, suivis des triplées, du préfet Savart, de Clara, de Minh, des forgerons, des lavandières, de Petit-Moi, une foule affolée courant à toutes jambes derrière le petit berceau qui file tambour battant vers les douves glacées, qui roule, roule encore, prend de la vitesse, puis se heurte violemment à l'énorme carapace de la vieille tortue borgne, laquelle avait finalement réussi à s'échapper des douves. L'impact propulse le nourrisson dans les airs. Le petit Diantre se trouve catapulté au-dessus des douves. Comme au ralenti, il file dans le soir à une demi-douzaine de mètres du sol et, hilare, fait à son public un petit coucou de la main. Amassée derrière le berceau défoncé, la foule retient son souffle. Le choc a été tel que Diantre survole les douves. Il effectue une belle courbe en cloche. Arrivé au sommet de sa course, il éclate de rire, puis entame sa chute. Entendant ce rire, Phéodora, qui, de l'autre côté des douves, ratissait les plants de gelée en pestant contre les faux colporteurs qui pillent en douce le buffet, se retourne et voit que fonce vers elle, comme une bombe de chair rose, le nourrisson volant. Elle a juste le temps d'attraper son panier, Diantre s'écrase dans la jeune gelée, qui amortit parfaitement le choc. Emportée par le mouvement, Phéodora tombe sur ses fesses (on n'imaginait pas qu'elle avait des fesses). Le bébé, triomphal, sort la tête du panier en riant. La foule, en liesse, applaudit Grand-Mère.

Dans son arbre, Yohan ricane. Il se délecte un instant du spectacle, allume une cigarette chipée à Clara, puis passe à autre chose. Il descend sur la pelouse en sifflotant et va trouver la petite Tripenine, à qui il tend un pistolet à plomb – il a décidé de lui apprendre à jouer à la roulette russe. Petit-Moi, à quelques mètres, le contemple de ses yeux tristes, éperdu d'admiration. Yohan était mon idole absolue, à cette époque. Si j'avais osé, j'aurais été lui. Il rendait dingues tous les adultes et rien ne l'impressionnait.

Un jour, je raconterai ses histoires. Il y en a des tas. L'explosion de la montgolfière de la mère Lucette, le tunnel sous la prison de Voulgue, la destruction du barrage d'Ouldieu. C'était un vrai conspirateur. Ses bêtises, ses coups tordus (il les appelait « mes opérations ») sont mes meilleurs souvenirs. Je n'ai jamais autant aimé la vie que lorsque je regardais naître le chaos par-dessus l'épaule de Yohan. Il savait porter l'existence à son point d'incandescence et m'a offert mes plus belles aventures. L'affaire du poison des vergers, la machine à peine, le vol des canadairs, les huit caïmans de Jouviac, les ondes à fiente pendant la cérémonie des Vénérables, le trafic d'humeurs, les échanges de nouveau-nés. Autant de méfaits, autant de joies.

Je ne suis pas sûr que le Mal existe, mais quelque chose en Yohan voulait détruire. Je crois que c'était de la curiosité. Il voulait savoir comment on réagirait à sa violence et à sa cruauté. Voir ce qui arriverait. L'année qui a suivi la fête des Moissons Rouges qui se rejoue ce soir, ses parents l'envoyèrent au pensionnat : l'Institut des Harmonies, à Millebout. C'était une maison d'éducation fondée par le professeur Himmelstein, un proche de Milošević, spécialiste des pédagogies alternatives. Il travaillait sur l'influence des fluides sur les personnalités dysfonctionnelles. Son établissement était équipé d'un immense réseau d'aquariums, de canaux, de bassins, de fontaines, tout un enchâssement de tuyaux et de conduits. Himmelstein avait expliqué aux époux Rouar que le magnétisme des flux attendrirait les nerfs de Yohan et diluerait ses idées noires. « J'ai discipliné les enfants les plus vicieux et les plus violents de la région. De vrais chiens. Je les ai matés. Certains sont ministres, aujourd'hui. Croyez-moi, Yohan s'adoucira. » Deux semaines après l'arrivée du garçon, Himmelstein s'était exilé au Canada, plusieurs surveillants avaient été internés à la maison de repos de Loudert, deux professeurs s'étaient pendus et cinquante-trois enfants, deux classes entières, s'étaient enfuis et rôdaient dans la nature, armés et rigolards. Je retrouvai Yohan quelques semaines plus tard, un sourire aux lèvres. Il se proclama « le roi des fils de putes ». Il avait neuf ans et demi.

Lorsque j'ai revu Yohan à Clichy, avant de l'absorber (cf. chapitre III), il semblait s'être vidé de son énergie. Comme si sa fièvre était tombée. Il était devenu un petit homme terne, un peu gras, sans imagination. Il n'avait plus l'air dangereux. L'émoussement de sa colère était, je crois, une manifestation parmi d'autres de la décadence du domaine. La décrépitude gagne tout, y compris le Mal. Même la violence finit en ruine.

Les silhouettes lumineuses des Portemer dansent sans bruit dans le soir tombant. Elles glissent dans les jardins, courent dans les allées, se penchent aux fenêtres, se bousculent dans les cours et s'embrassent au fond des bibliothèques. Une légion de feux follets d'hier projetés sur mon monde. Comme si le présent était une toile sur laquelle le passé dessinait ses motifs. Les lueurs rosées de mes cousins ressemblent à des bougies souvenirs. Elles flottent dans la nuit, pareilles à ces lanternes chinoises en papier de riz qu'on envoie dans les cieux pour les cérémonies. On dirait presque un show pyrotechnique, un spectacle d'hologrammes dans un parc d'attractions : le passé, comme si vous y étiez. Mais il ne faut pas s'y tromper. Cette Bertille, ce Yohan, cette Minh, qui brillent doucement, ce ne sont que des particules égarées. Des reproductions. C'est un passé de faussaire.

Pépin se précipite dans ma direction, la mine réjouie. Il s'approche à toute vitesse, les bras tendus, comme s'il allait me plaquer au sol. Arrivé à ma hauteur, il me passe littéralement au travers. Je sens un léger fourmillement. Son spectre ne dégage aucune chaleur, mais sa présence semble altérer la structure de l'air, que je ressens plus mou. Je me retourne : quelques pas derrière, Papy attrape Petit-Moi par les aisselles et le jette sur ses épaules en riant, puis galope comme un jeune homme et slalome entre les Portemer. Je me rappelle ce moment. C'est, je crois, la seule fois de mon existence où l'on m'a porté ainsi. Et je n'ai pas oublié la suite : le cœur de Pépin s'apprête à s'arrêter. Il va tituber, se prendre les pieds dans la barbe de Sir Bradstone et s'effondrer dans les massifs de roses de nuit. Il passera un an dans le coma et on lui greffera dans la poitrine une petite sauterelle, dont les tressautements feraient repartir son cœur à la moindre panne – les médecins tenteront de lui implanter une méduse électrique, plus résistante et moins vorace, mais la greffe ne prendra pas. Tous les quatre mois, il faudrait opérer Papy pour changer sa sauterelle.

À la suite de cet accident, Pépin se résolut à écrire son testament. Il voulait prendre ses dispositions afin d'éviter une guerre de succession, qui risquait de conduire à la dislocation du domaine. Mais l'équation était difficile à trouver. Fallait-il répartir équitablement les terres entre les descendants ? Confier à l'un d'entre eux la responsabilité de la propriété ? Le cas échéant, qui choisir ? Et qu'offrir aux autres ? L'usufruit de l'exploitation des sols ? Le profit tiré de l'arbre à viande ? Que faire alors des pâles faisans qu'il fallait chaque semaine nourrir d'une tonne de mûres ? Des chevaux transparents ? Et des ombres sauvages qui envahissaient les plantations de corail ? Comment gérer l'entretien du gazoduc et organiser la lutte contre la prolifération des puces amères ? Qui aurait les épaules pour faire face aux attaques perfides de Léon de Moureville ? Ces questions obsédantes hantaient les nuits de Pépin. Chaque jour, il remaniait son testament. Il le corrigeait, biffant des clauses annexes, ajoutant des sous-paragraphes, des codicilles ou de longs appendices qu'à la relecture il trouvait incompréhensibles. Il n'était jamais satisfait et s'épuisait à la tâche. Il y avait toujours quelque chose qui clochait.

Un beau jour, Papy gravit la Roche Dorée et souffla à pleins poumons dans la conque du Salut. Alertés par le son grave et triste de la conque, comme le veut la tradition, nous formâmes une ronde autour de la Roche et, nous grattant la tête, nous attendîmes la parole du patriarche. À la vue de tous, d'un geste lent et solennel, Pépin déchira son testament. Stupeur. Il proclama avoir reçu dans ses rêves la visite de Julius l'Ancien. Murmures. L'ancêtre lui avait ordonné, au nom des Dieux Jumeaux et des terres sacrées du domaine, d'écrire ses Mémoires. Papy prit cette apparition très au sérieux. Il solda ses affaires courantes et s'enferma dans son bureau pour écrire ce qu'il considérait déjà comme le plus beau cadeau qu'il ferait à la famille et aux générations futures. Son chef-d'œuvre. Grand-Père se révéla être un bourreau de travail et ne lâchait sa plume que pour avaler un morceau, dormir quelques heures ou flamber des limaces (le domaine était à l'époque infesté par ces funestes bestioles qui, on le sait trop peu, sont affreusement venimeuses et peuvent tuer un chat).

Au bout de quelques mois, les pages noircies de souvenirs se comptaient en centaines de milliers. Elles débordaient des caves sèches, envahissaient les dépendances, s'infiltraient dans les galeries et s'invitaient même dans le cellier de Maître Khan. Pépin exultait, fier comme un Russe d'accomplir son grand œuvre ; il voyait dans cette entreprise mémorielle la raison révélée de son existence. Mais un drame l'attendait : lors de la grande crue de l'automne 1987, les montagnes de papier furent dévastées par des flots de boue. Accablé, Papy sombra dans une affreuse mélancolie. Après le reflux, on constata les dégâts :

au contact des eaux lipandieuses de la Grave, les innombrables feuilles avaient formé une pâte blanchâtre. Les Mémoires de Papy étaient irrécupérables – on n'en sauva pas un mot. En séchant, la pâte de papier, sans doute infectée par les bactéries à nervure charriées par la rivière, devint aussi dure que le marbre. Elle forma de lourds blocs qui jonchèrent les caves du château. L'autobiographie était fossilisée. C'est alors que Pépin eut une idée qui le tira de sa prostration. Il gravit une nouvelle fois la Roche Dorée, sonna à nouveau la conque, et nous annonça, triomphal, sa nouvelle extravagance : il utiliserait ses Mémoires conglomérés pour ériger un bâtiment en l'honneur de Julius et de l'histoire du domaine. Un « monument de littérature », se plaisait-il à dire. À nouveau, il jubilait. Grand-Père fit acheter une petite tracteuse, quelques pics-à-zinc et un iriseur de basalte, puis se mit à la tâche. C'est ainsi qu'en quatre ans il éleva de ses mains le châtelet d'automne, qui fit sa fierté et qu'on vint visiter depuis Tourniac et Lin-le-Fressant. Les murs de ce ravissant palais blanc, qui portent la mémoire de Papy et sont constitués de sa vie même, de ses souvenirs figés, tiennent toujours debout.

Aujourd'hui, devant moi, dans la moiteur de la fin du jour, le Pépin fantomatique s'apprête à s'effondrer. Je me souviens que cette chute m'avait terrorisé. Perché sur les épaules de Papy, j'ai titubé avec lui, trébuché avec lui, chuté avec lui dans les roses de nuit. Je me rappelle ses yeux révulsés, les convulsions de ses jambes, les mouvements erratiques de ses bras maigres. Petit-Moi, de nouveau, contemple la vieille carcasse de son grand-père, qui tressaute, fragile et périssable. Les fantômes accourent de toutes parts, affolés. Leurs silhouettes rosées me transpercent, me perforent, sans s'en apercevoir, sans imaginer ma présence. La petite Gia, les sœurs Fournaise, le grand Gougeonnier, Lila-l'Onde, tous me passent au travers. À cet instant, c'est moi le vrai fantôme. L'invisible. Petit-Moi, quant à lui, se fait doucement expulser de la scène. On le pousse avec délicatesse loin du corps tremblant de Pépin, loin du cœur de l'action – je suis, après tout, l'éternel spectateur. Le spectre du préfet Savart parvient à faire redémarrer le cœur du fantôme de Pépin à l'aide d'un piston à coude. Les esprits roses respirent, soulagés. Mais Grand-Père reste inerte. Le voilà emmuré dans les souterrains d'un coma de plomb.

En voyant Pépin à terre, en contemplant les particules de lumière arrachées au passé qui redessinent mon souvenir, je suis frappé par la ressemblance de cette scène avec *Procession*, le chef-d'œuvre inachevé de Bonnard, dans lequel il figure d'innombrables grosses femmes roses traversant la forêt, qui portent à bout de bras le corps d'un bouc noir. Suite à une attaque au graffiti lors de la Biennale de Berne, j'ai travaillé pendant quelques semaines sur la réhabilitation de cette toile et je crois être parvenu à restituer les lueurs énigmatiques des créatures. Mais j'ai toujours été décontenancé par la manière dont les femmes roses irradiaient. Elles semblaient scintiller. Je ne comprenais pas pourquoi Bonnard était allé chercher de telles textures, de tels pigments (phosphore, safran, lucioles en poudre et lait brillant). Pourquoi tant de lumière ? Le peintre n'avait pas l'habitude de pareilles féeries. Se peut-il que *Procession* soit la représentation d'une éruption de passé ? D'ailleurs, peut-être d'autres peintres ont-ils saisi des réminiscences. Je repense à *La Danse* de Matisse et à ses figures orangées ; aux *Semeurs* de Van Gogh ; à la curieuse clarté des fileuses de Carrand ; aux *Corps glorieux* de Véronèse ; à l'*Homme doré* de Courbet et à la *Bohémienne* de Lacombe. Peut-être ceux-là ont-ils eux aussi capté une trace du passé et retenu dans leurs toiles l'écho d'un monde éteint. Une réverbération. Je ne crois pas me tromper en affirmant qu'il n'est pas un peintre qui ne soit ému par les ruines. La peinture, après tout, est un moyen de retenir ce qui a été. D'aller chercher les morts. C'est un chemin vers les fantômes. Un art d'Orphée.

Une silhouette tordue reste en marge de la foule agglutinée autour de Pépin. Je reconnais ses mollets décharnés, sa robe de bure échancrée et ses gestes spasmodiques. Ma mère, elle aussi, est revenue d'entre les ombres. Son spectre bascule d'un pied sur l'autre, roule des yeux et montre les dents. Son corps tressaute, incontrôlable, et sa voix est coincée dans sa gorge. Elle est tellement jeune. Une enfant close. Tortillant ses chevilles, crispant ses poings, elle s'approche de moi. Ses yeux semblent me regarder.

Trouver les miens. Alors que tout autour les fantômes s'agitent dans tous les sens, préoccupés par le sort de Pépin et par leur ligne de temps, elle chaloupe, chancelle et zigzague dans ma direction. Son bras se lève. Elle tend vers moi son index noueux. Sa bouche s'entrouvre.

Elle me voit.

Cela ne fait aucun doute. Elle seule peut me voir. Elle s'approche encore, à quelques centimètres. Son menton frôle le mien. Sa main effleure ma joue. Elle a franchi le pont quantique. Elle connecte les temporalités. Sa bouche, maladroitement, prononce un mot. Le répète, encore et encore. Et sur ses lèvres, je lis : « L'enfant. » Sa main, soudain, fait céder quelque chose et attrape la mienne. Elle ne me passe pas au travers ; je peux sentir sa chair, sa réalité. Les aspérités, les os saillants, la peau sèche. Son souvenir s'incarne. Nous nous touchons à travers le temps. Je l'agrippe de toutes mes forces. Il faut la tirer de là. La délivrer de ce passé qui a eu sa peau. Aujourd'hui, elle aurait ses chances. On pourrait la sauver. Je me cramponne à elle et tire sur son bras. Mais sa main m'échappe, centimètre par centimètre. Comme l'eau glacée happe la noyée, quelque chose la retient. Alors ses chairs se font moins fermes, moins concrètes. Sa matière devient filandreuse et perd sa consistance. Comme si elle s'évaporait sur place. Ma mère semble comprendre que le portail se referme et qu'elle est en train de me perdre. Sa bouche articule un cri. Phéodora, alertée, approche d'un pas sec, empoigne sa fille par le cou et la conduit de force à la maison-basse. Ma mère se débat, s'ébroue, se cabre, elle tente de se tourner vers moi pour attraper mon image au vol. Trop tard. On l'emmène. Elle disparaît dans les souterrains. Je ne la reverrai pas. Orphée, encore.

La clarté des revenants s'estompe peu à peu. Ils pâlissent et leur éclat rosé vacille, fragile, comme une bougie dans la tempête. Leurs contours sont moins nets et j'ai de plus en plus de mal à reconnaître chacun d'entre eux. Le reflux a commencé. L'éruption de passé touche à son terme. Elle a été d'une précision, d'une brillance et d'une durée exceptionnelles. Il est temps, je suppose, que le passé regagne son lit. Les particules de lumière qui constituent les spectres se désagrègent doucement, flottent un instant dans l'air, puis disparaissent, comme des étincelles. Rodrigue, Bertille, Cléo-l'Ange, tous se décomposent sous mes yeux. Une à une, les lucioles s'éteignent. Ça y est. Le présent, à nouveau, recouvre tout.

Le domaine semble vide, tout à coup. Froid et dépeuplé. Les langues obscures de la nuit lui donnent des allures gothiques. Alors, une voix sort des ténèbres.

— J'aime comme ils disparaissent, les souvenirs : dans le calme.

Une ombre est assise sur une branche de l'arbre jaune. Un petit corps, dont les jambes pendent dans le vide.

— Lorsque je mourrai, je voudrais le faire comme eux, dans la douceur. Sans à-coups. Résigné.

Je reconnais ce timbre fragile. Une voix d'enfant. Là-haut, dans les hauteurs, les petits yeux de Tom Harcourt brillent doucement.

— Les chevaux meurent comme ça. Je les ai vus, dans les champs de pierres. Les vaches aussi. Elles s'étendent, l'œil triste. Il n'y a que les hommes pour gesticuler comme des clowns lorsque la mort arrive. Les animaux, eux, ils restent dignes. Ils ont sûrement un peu de chagrin, bien sûr, mais ils comprennent. Moi, j'ai peur de me débattre lorsque le moment sera venu. J'ai peur que la panique ne prenne le pas. Mais j'aimerais tant ça, mourir placide. Serein et résigné. C'est pourquoi je travaille à devenir animal.

Perché dans son arbre, Tom Harcourt a exactement la même allure qu'il y a vingt-cinq ans. La même taille, la même corpulence. Le même pantalon court au-dessus des mêmes mollets trop maigres. Il est toujours un petit garçon. Sa silhouette fluette se détache de l'énorme lune rousse qui mange le ciel.

— Tu n'as pas vieilli, alors ? lui dis-je.

— Non. Je n'ai pas réussi.

Il marque un temps. Sa façon de parler a un peu changé. Son élocution et son vocabulaire sont les seuls signes du temps passé.

— Tu as vu, Clovis, comme les choses ont changé ?… Il y a beaucoup de tristesse, désormais. Tout agonise.

— Est-ce vrai que le domaine se tasse ?

— C'est comme si la terre se recroquevillait. On perd une centaine de mètres carrés par mois. Personne ne sait ce que devient la surface en moins.

On entend sonner au loin les cloches de verre fumé de l'église de Sainte-Veuve.

— Tu as bien fait de partir, tu sais, reprend Tom Harcourt. Après ta fuite, les choses ont mal tourné. On a vécu des années terribles. « Les années de marbre », disait Phéodora.

Tom Harcourt me raconte l'explosion de l'usine à chaux, la prolifération de mousse rieuse, la possession de Grand-Mère, et puis les glissements de terrain, les suicides de tiques, la disparition de la nuit, les pillages du Front de la Joie. Tous les désastres qui se sont abattus sur le domaine comme les navres sur le Prus. Les eaux de la Grave se sont changées en venin. Les pommes en poussière et les oiseaux en pierre. Ce fut une vraie débâcle. Devant cette conjonction de coups du sort, qui s'acharnait sur le domaine des Douves et en accélérait la décadence, Papy se morfondait. Alors les oncles et les cousins sont partis les uns après les autres, lessivés. Sven est devenu danseur de joie au Doly's ; Théo est leader d'un mouvement wahhabite, les Phalanges du Ciel ; Minh a fait l'objet, à la clinique de Chiot-sur-Laudron, d'une opération de fusion des identités avec un ami shaman – il.elle.ils s'appelle.nt aujourd'hui Minh-Jahad ; Cléo-l'Ange a inventé un vaccin contre la moustache ; on dit que les triplées ont fait fortune au Sahel dans le trafic de foudre. Chacun a suivi sa route. Même Clara a fini par partir, pour fonder une usine de filage en Norvège. Yohan, quant à lui, a disparu. Seuls Tom Harcourt et mes grands-parents sont restés fidèles au domaine.

— J'aurais dû revenir, dis-je machinalement. Si j'avais su, je serais revenu. Pour vous aider.

— Tu ne le penses pas, note Tom Harcourt. Tu mens. Devant moi, en plus ! Voilà un autre signe de la déchéance du domaine : ma présence ne fait plus dire la vérité.

Au pied de l'arbre de Tom Harcourt, une libellule-diable affûtée déchire d'un coup de dents la gorge d'un petit dindon glabre aux yeux à courte focale.

— Tu ne veux pas descendre ?

— Je ne peux pas.

Je lui propose mon aide.

— Tu ne comprends pas. Je n'ai pas mis le pied par terre depuis sept ans. Je ne descendrai pas.

Il décroche l'un des petits bulots agglutinés sur une branche de l'arbre jaune et l'avale avec un bruit de succion, avant de reprendre :

— C'est une malédiction. Un mauvais sort, que m'a jeté Hilke. Elle me donnait des cours de bassonaigre, tous les mercredis après-midi. Un jour, j'ai perdu mes nerfs. Je n'arrivais pas à jouer une petite fugue de Spiegel, pourtant assez simple. De rage, j'ai soufflé à pleins poumons dans l'instrument, sans timbrer le mélodon. La note qui est sortie du bassonaigre était si grave et si puissante qu'elle a fait exploser toutes les vitres du salon de Hilke, mais surtout le vase qui contenait les cendres de Tambour, le petit tamanoir des Moureville. Hilke est devenue folle. Elle m'a couru après en brandissant le saint-sabre – je crois qu'elle voulait me couper le sexe. Je me suis réfugié dans l'arbre à plumes. En bas, Hilke tremblait de fureur. Ses petits yeux dorés étaient comme des blessures. Elle m'a pointé du doigt et a hurlé : « *Diavolul ! Demonul !* Tu te crois à l'abri ? Je te maudis, Tom Harcourt. Si tu descends, si tu poses le pied par terre, tu meurs. Voilà ta malédiction. J'ai dit ! » Un coup de tonnerre a retenti, alors qu'il n'y avait pas un nuage. Je ne suis jamais redescendu. J'ai appris à vivre dans les arbres. Ce n'est pas si difficile, en fait. On dort bien sur les branches moelleuses du figuier royal ; le jour, je n'ai qu'à tendre la main pour cueillir les pêches neuves et les poires striées ; je me lave de rosée et tisse moi-même le chanvre pour me couvrir. Je ne pense plus à rien. Je n'ai plus besoin de mots. La seule chose difficile, ce sont les fourmis-lionnes. Elles attaquent pendant le sommeil. Deux fois par nuit, je me réveille en sursaut, couvert d'une couche d'insectes de plusieurs centimètres.

Tom Harcourt me dévisage.

— Il ne faut pas me prendre pour un fou. Les sortilèges de Hilke sont bien réels. Je l'ai vu dans ses yeux. Deux petites bouches de cruauté. Elle avait beaucoup de puissance.

Tom Harcourt allume une cigarette hygiénique. La clarté de l'allumette me donne à voir son visage inchangé.

— Tu penses que je devrais descendre, n'est-ce pas ?

Je ne dis rien.

— Ma vie est ici, maintenant. Les lianes, la canopée, le ciel à portée de main. Voilà mon univers. Je ne suis plus l'enfant-vérité, aujourd'hui. Je suis le garçon-hibou. Et je ne veux plus mêler mes pas aux vôtres. Je me suis retiré de votre monde. Je vous le laisse. Faites vos bêtises en bas, sans moi. Considérez-moi comme un oiseau.

La fumée de la cigarette enveloppe le garçon. Il laisse passer un temps, puis reprend.

— Que fais-tu là, Clovis ? Pourquoi es-tu revenu ?

Je lui raconte l'appel de Mehouad et la procédure de reconnaissance du corps de Phéodora.

— Je suis venu solder les comptes.

— Voyons… Encore un mensonge. Tu n'es pas là pour une histoire de papier. Tu as un plan.

Je reste silencieux. Il commence à faire froid.

— Sais-tu qu'il y a un croqueur géant ? dit alors Tom Harcourt. Un vrai monstre. Il s'est installé juste là, dans le silo à cresson.

Le silo est à quelques pas. Tom Harcourt saute avec agilité des branches de l'arbre jaune à celles du cèdre de Cambrai, puis file dans les hauteurs de l'arbre à haine. Il virevolte, souple et adroit, tournoie avec légèreté, semble marcher sur l'air. Je reconnais ces gestes : c'est lui que nous avons aperçu hier avec Mehouad, qui faisait ses pirouettes dans les cyprès argentés, au bas des pentes. Arrivé sur le *ficus atomicus*, il prend son élan, saute de toutes ses jambes et retombe sur le capuchon du silo. En bas, à travers la petite lucarne du silo, je peux voir remuer les chairs blanches et gluantes du ver à temps. Il doit mesurer une demi-douzaine de mètres de long et peser au moins une tonne. J'en ai la chair de poule.

— Il n'est pas un jour où je ne pense à l'écrabouiller, dit Tom Harcourt.

Nous savons tous les deux que celui qui tuerait un ver de cette taille serait renvoyé des dizaines d'années en arrière, peut-être même des siècles, et risquerait de se retrouver dans les « petites limbes », à attendre sa propre naissance. Tom Harcourt, d'un geste élégant, agrippe une liane et quitte le toit du silo. Il se balance un instant et saute avec adresse dans les branches du palmier-roi.

— Il est tard, dit-il, et je suis fatigué. C'est normal : mon corps est celui d'un enfant. Je vais dormir, maintenant.

Il s'installe sur une énorme feuille, sort de son sac une petite couverture et se blottit dedans.

— Ne me prends pas pour Peter Pan, dit-il d'une voix déjà à moitié endormie. J'aurais voulu grandir. Je n'avais pas peur du monde.

— Bonne nuit, Tom Harcourt.

Un froid de métal coule sur moi, vif et vorace. Nichés au fond de la nuit, les grillons frappeurs projettent leurs étincelles dans les fossés. Le ver à temps mugit doucement. Il flotte une odeur de chenille écrasée, de jeune taupe et de moelle épinière. Quelque chose vibre. Je remarque que l'air a une drôle de forme. Les atomes semblent devenir dingues. Je les vois qui filent en nuées, se désagrègent, reviennent en rouleaux et grésillent comme du bacon. Un petit vent tourbillonnant agite les branchages morts qui jonchent le sol. Alors, la terre semble émettre un râle, venu du fond des âges.

Le domaine s'apprête à parler :

— Il te manque un souvenir, dit-il.

C'est la deuxième fois que j'entends sa voix – la première, il avait pris la parole alors que j'errais dans les labyrinthes de vent, après la mort de ma mère : « *Va-t'en. Fiche le camp et ne remets pas les pieds ici. Si tu restes, c'est le chaos que tu injecteras dans ta famille.* » Je ne lui avais pas demandé d'explications et j'avais disparu dans la nuit, caché au fond d'une calèche volée. Je n'avais pas oublié sa voix sèche, un peu hautaine, désagréable. Pas une voix à laquelle on désobéit.

— Il te manque un souvenir, répète-t-il.

Il parle par ses lacs, ses sous-bois, ses crapauds, il parle par ses ruisseaux, par ses champs, par ses grottes, par tout ce qui grouille, ce qui pourrit, ce qui pousse. Sa voix est celle de ses douves et de ses tombes pleines.

— Ce souvenir, il te faut l'inventer.

Le vent tombe subitement. Les atomes reprennent leur place et les ondulations s'estompent. La nuit respire à nouveau. Le ciel est strié d'étoiles tendres et de lunes à demi mortes. De majestueuses galaxies traînent leurs beautés accablantes à travers la nuit. Tout semble me regarder. Tout a l'air concerné.

« Il te faut l'inventer », a dit le domaine.

Je sais où aller.

J'emprunte l'allée des Tièdes jusqu'au bosquet morose, dépasse le cirque et les roches flasques, avant d'arriver à l'abbaye aux Mille-Oies, chef-d'œuvre du XVIIe siècle bâti par Audoin le Quelconque. Je pénètre dans la splendide nef de plomb et ouvre le saint-cagibi, d'où je sors l'une des fiertés de Papy : le légendaire Livre d'Or. On trouve dans cet antique livre de peau craquelée les signatures des plus illustres personnages des siècles passés – le pape Isodore VII, Gut von Gut, Lord T., Midgelaine d'Aumifour, les cinq capistons, Don Esteban Diego San Pedro Felipe Almería Giménez de Atacama y Después, la reine Bastille, tant d'autres. Tous séjournèrent au domaine. Tous eurent pour lui un mot gentil ou admiratif.

Un jour de juin 1988, Yohan a déjoué le système de sécurité de la nef (à l'époque, elle était protégée par un réseau de lasers ultrasophistiqué) et a volé le Livre d'Or. Après avoir souillé les pages centenaires de quelques blagues potaches et de quelques blasphèmes, nous avons découvert que, par un curieux phénomène, tout ce que nous inscrivions dans le Livre d'Or se changeait en souvenir. Y compris les inventions. Il suffisait d'écrire « *Merci pour ce merveilleux dîner de poulardon* » pour se « rappeler » le repas avec une précision inouïe, dans le moindre détail (le goût des gallinasses, la tenue de tante Minh, le discours de Pépin et la quantité de vin ingurgitée par Rodrigue), alors même que ce fameux dîner n'avait jamais eu lieu. Les mots, instantanément, s'incrustaient dans l'esprit et produisaient un souvenir complet et réaliste. La fiction s'incarnait. C'était une transfiguration. On sait aujourd'hui implanter un souvenir primaire (douleur, peur, faim...) dans le cerveau d'un porc ou d'une souris, à l'aide de connectiques raffinées. Le Livre d'Or fonctionne ainsi. Comme une greffe. Yohan en a fait l'expérience le premier, après avoir écrit, pour rire : « *Je regrette un peu d'avoir eu à nager dans un bain de merde pour divertir Phéodora.* » Ce souvenir s'imprima si fort en lui qu'il vomit violemment et nourrit à compter de ce jour une terrible rancœur envers Grand-Mère. Il se mit à la haïr. Quelques semaines plus tard, il incendiait ses tiques chéries.

Il y a une jouissance à se souvenir, et le Livre d'Or offrait toutes sortes de possibilités. J'ai eu pendant quelques mois tendance à abuser de ses facultés mnémodomiques. Je m'inventais des histoires merveilleuses, auxquelles je croyais aussitôt. Je les stockais dans ma mémoire, parmi les souvenirs. « *Ma mère m'a fait le câlin le plus doux et m'a glissé un tas de mots d'amour dans l'oreille* » ; « *Quelle joie, d'avoir mis la pâtée à Yohan pendant la partie de torchefilasse !* » ; « *Conquistador impitoyable, j'ai maté la dernière péninsule rebelle à la pointe de mon glaive* » ; « *Mes premiers pas sur Jupiter provoquèrent chez moi un bouleversement* ». Ce fut une orgie de passé factice. Je confesse avoir noté, fébrile, à l'âge de douze ans : « *Quel baiser inoubliable, ma Bertille !* » Eh bien, je me souviens encore de l'émoi provoqué par ce souvenir inventé – je fondais de volupté en repensant à volonté au parfum de Bertille, à la tiédeur de son souffle, à la moiteur de sa bouche. C'était plus vrai que nature. J'ai toujours eu un peu honte de cet épisode.

Avec le temps, j'ai de plus en plus de mal à distinguer ces souvenirs fabriqués de la réalité (*ai-je vraiment vécu ça ?*). Seuls les récits les plus farfelus nichés dans ma mémoire sont, à coup sûr, des inventions. Pour le reste… Il m'arrive parfois de mettre en doute, d'un bloc, tous mes souvenirs de jeunesse ; comment être certain qu'ils ne sont pas des œuvres d'imagination ? Peut-être mon enfance telle que je me la rappelle n'est-elle qu'un tas de mensonges consignés dans le Livre d'Or. Peut-être suis-je prisonnier de fictions indélébiles et suis-je le scénariste crétin de mon propre passé. Comment savoir ?

Un jour, par curiosité, j'ai noté « *Je viens de terminer l'œuvre complète de Proust. Inoubliable !* » alors que je n'avais évidemment jamais lu la *Recherche*. Je me demandais si cette technique me permettrait de connaître l'œuvre de l'écrivain sans avoir à la lire. Je me suis souvenu dans le détail de mes heures de lecture au pied du saule majeur et sur les berges nues. Je me revoyais sourire en découvrant *Les Jeunes Filles*, sauter des paragraphes impossibles de *Sodome et*

Gomorrhe et corner les pages du *Temps retrouvé.* En revanche, j'étais incapable de me rappeler un seul personnage, une seule phrase, un seul mot. Je me rappelais la lecture, mais pas le livre. Bien entendu. Le Livre d'Or n'a rien de surnaturel (je n'ai jamais cru à la magie, aux sortilèges, aux monstres, aux féeries ; il n'y a dans le monde que des particules affolées et rien n'échappe à la règle). Je pense que les pages en toilage de ronvière du Livre d'Or dégagent de vieilles poussières bourrées de neuroconnecteurs, qui affolent les zones labiales du cortex. Rien de bien complexe. Ce livre fait croire à ce qu'il contient, voilà tout. Il n'est pas le seul dans son genre. Les lecteurs de Mao ou de Mahomet n'ont pas vécu autre chose : ils ont vu sur des pages le monde tout entier et la vérité nue.

Je m'empare du vieux Bic publicitaire « Fanta Orange » posé dans la tranche du grimoire – j'aurais espéré un stylo plus solennel. Je souffle dessus pour en expulser la poussière et les poux domestiques. Personne n'est venu ici depuis des décennies. Le dernier message est daté de 2007 : « *Séjour merveilleux, comme toujours ! Même le suicide des sœurs Fournaise n'a pas gâché la fête !* » Le mot est signé par le préfet Savart. À mon tour, maintenant. À cet instant, je ne sais pas encore quel est le souvenir dont j'ai besoin. Celui qui me manque pour comprendre quel est mon destin et celui du domaine. Pour transformer le passé et accoucher l'avenir. J'approche la pointe du stylo de la page vierge. Les mots tombent sur le papier : « *À la fin de la Grande Parade des Brouillards, Papy m'a demandé ce que je voudrais faire plus tard. "Je veux devenir le roi du domaine", ai-je répondu. Il a fondu en larmes.* »

Ce jour-là, Pépin avait l'air sinistre. Je me souviens de m'être dit en le voyant qu'il ressemblait au vieux professeur de natation de la piscine de Grenier-sur-Cernes. Je devais avoir huit ou neuf ans. Il faisait un froid terrible et l'air glacial mordait mes mollets nus. (*C'est incroyable comme le cerveau, à partir d'une phrase concise inscrite dans le Livre d'Or, parvient à reconstituer tout un environnement, précis, crédible. Je ne me fais pas à ce réalisme.*) Pépin regardait les moisissures rampantes qui coulaient le long des douves, rongeaient les pelouses et gagnaient déjà les dépendances. « Le désert avance », marmonna-t-il. La veille, les moisissures avaient éventré un petit porc, Orwell, que Papy aimait tant. Pour le consoler, je lui offris un joli galet sauteur que j'avais trouvé sur la plage aux péchés. Il eut l'air touché.

— Alors, Clovis, dis-moi un peu. Est-ce que tu sais ce que tu veux faire quand tu seras grand ?

— Je veux devenir le roi du domaine, dis-je, le menton haut.

— C'est vrai ? Tu aimerais ça, t'occuper du domaine ? Tailler les haies, rafistoler les murs, repousser les mousses félonnes ? C'est beaucoup de travail, tu sais. Ce n'est pas un cadeau. Plutôt un fardeau d'enfer.

— C'est ce que je veux. Sinon, quelque chose de maléfique va s'installer ici. Je l'ai vu en rêve. C'est une sorte de nuage, ou un tourbillon, c'est difficile à dire. Parfois, c'est une petite planète ou un oursin. Un mal qui s'appelle Jin et attend, quelque part. S'il s'établissait ici, ça serait la fin de toutes les choses que l'on a aimées. Alors quand vous serez morts, toi et Phéodora, ce sera à mon tour de veiller sur le domaine.

Papy fit un drôle de bruit. Je crois qu'il cachait un sanglot.

— Tu as beaucoup réfléchi à tout ça, dis donc. Mais tu es si petit. Il faudra bien que tu voies le monde. Tu ne peux pas moisir ici.

— Je partirai peut-être. Mais je reviendrai, quand vous serez morts. Je prendrai la relève. Tu ne me crois pas ?

Pépin me cramponna l'épaule et sourit. Il essuya ses yeux bleu lavande.

— Je te crois. Tope là ?

— Tope là, dis-je gravement en claquant de ma petite main la paume vieillie de mon grand-père.

Le souvenir s'arrête là. J'ai donc fait un pacte avec Pépin. Je lui ai donné ma parole. Un poids terrible tombe de mes épaules. Le voilà, mon souvenir manquant. Cette promesse trace mon avenir, je n'ai qu'à suivre le fil de cet engagement. Devenir un veilleur et m'occuper de ces terres. Il y a un monde à sauver.

Je sors de la nef le cœur battant. La nuit est profonde et muette ; déjà, les pucerons-diplomates s'activent à déposer sur les brins d'herbe grasse des gouttes de rosée. Le domaine m'a rappelé à lui. Mon heure est venue et ma tâche est immense. « Te voilà ! » dit le monde.

Me voilà.

ÉPILOGUE

Le tableau est gigantesque. L'œil ne peut l'embrasser dans sa totalité, ce qui donne au cerveau la sensation que la toile n'a pas de limites. Il est difficile d'en retenir un trait particulier. On n'y décèlera pas de teinte dominante, tant les couleurs s'y enchevêtrent, ni d'unité stylistique. La toile n'a pas de centre ou de scène principale. Elle est composée d'innombrables motifs, minuscules et d'égale importance. L'observateur doit presque se coller au tableau pour en saisir les détails. Il n'y a pas de premier plan, ni de second, pas plus que de réelle perspective ou de ligne de fuite. Pas de porte d'entrée. L'œil glisse, indécis, et ne sait où regarder. La toile est imprenable.

Chaque centimètre carré est saturé d'images et le tableau provoque chez certains spectateurs une sensation de vertige. S'y enchevêtrent des arbres gigantesques, des buissons, des lianes, des lambeaux de brume bleutée, des bosquets et des ruisseaux, des colonies de hannetons, des ombres informes, tout un magma baroque et menaçant.

Des kilomètres de dessins, dont on ignore s'ils sont réalistes ou allégoriques, fourmillent sur la toile, dans une telle profusion qu'ils peuvent déclencher des épisodes hallucinatoires. Le peintre alterne les techniques, les textures et les formes pour représenter un paysage de campagne, celui d'une immense propriété envahie par la jungle. Le domaine semble abandonné – une opulente végétation prend d'assaut les bâtisses que l'on aperçoit entre les branchages. L'un des bâtiments est à terre, en cendres, sans doute dévasté par un incendie. Les constructions ont l'air de se dissoudre. L'artiste a visiblement tenté de créer une opposition frontale entre la désolation qui a gagné le monde des hommes et la vitalité d'une nature exubérante. Il s'agit de la fin d'un monde.

Les ombres dessinées par le peintre sont contradictoires. Certaines filent à gauche, d'autres coulent vers le bas. Il en est de courtes et épaisses, d'autres interminables et presque translucides. Peut-être s'agit-il d'une volonté de l'artiste de représenter un monde éclaté, comme une mosaïque dont chaque pièce serait soumise à ses propres règles ; peut-être est-ce une simple maladresse. Quoi qu'il en soit, cette multiplication des sources lumineuses produit un effet troublant, inconfortable, presque désagréable. Le sentiment de contempler un mensonge.

La toile n'est pas une nature morte, même si un coup d'œil distrait pourrait le laisser croire. Outre les innombrables insectes, les rongeurs et volatiles qui pullulent si on sait les voir, deux êtres humains se cachent dans le tableau. Le premier est un enfant. Un gamin d'une dizaine d'années au visage rond et blanc, couvert de taches de rousseur, qui se tient crânement dans les branches d'un vieux chêne. Les étudiants l'appellent « l'enfant-hibou », à cause de ses grands yeux écarquillés et de sa posture étrange. Il est pieds nus et porte de curieux vêtements constitués de peaux, d'écorce et de feuilles. Le bras tendu, il pointe de l'index un grand silo à cresson qui contient une forme blanche et spongieuse. On ne sait si ce geste est accusateur, s'il s'agit d'une alerte face à un terrible danger ou si le silo désigné par l'enfant-hibou est une porte de sortie et une planche de salut.

Le second personnage identifiable (il faut inspecter la toile pendant plusieurs heures pour espérer le trouver) est un homme aux traits saillants, assis sur le toit couvert de lianes d'un pigeonnier croulant. Son visage terne et osseux est orienté vers le spectateur, mais ses yeux sont fermés. Sa main droite tient un sécateur, la gauche une poignée de lierre. On l'appelle « le gardien », car on imagine qu'il est chargé de repousser l'invasion de la nature. Ou au moins de ralentir la déchéance du domaine. Ses épaules tombantes et son air exténué laissent penser que cette tâche est trop lourde pour lui ; lui trop frêle pour le rôle. On peut même apercevoir des plantes grimpantes agrippées à ses chevilles, de la mousse sur ses cuisses et des champignons rieurs sur ses avant-bras, comme si lui aussi, à son tour, était avalé par la vague végétale.

Le tableau, hormis son immensité, qui rend l'expérience visuelle inédite et fait son originalité, est de facture classique. Un paysage, deux personnages. Un style académique non sans élégance, mais ampoulé par endroits. Quelques hommages assumés et de nombreux emprunts qui, parfois, frisent la contrefaçon. Au-delà de ses dimensions grandioses (onze mètres sur dix-huit, la taille d'un petit immeuble de trois étages), la toile serait tout à fait commune si elle n'avait pas une propriété rare : elle contient deux œuvres. La première est celle que nous avons décrite ; la seconde, cryptée, ne peut être contemplée que dans le noir complet. Le peintre a en effet utilisé des pigments sous-marins aux puissantes propriétés phosphorescentes pour peindre par-dessus son motif initial un second tableau, visible uniquement dans l'obscurité – comme la vie secrète de l'œuvre.

La composition graphique du tableau nocturne est globalement similaire à celle de la première couche : la valeur du plan est identique et le domaine représenté est le même. Mais une fois les lumières éteintes, des motifs cachés s'illuminent. Des créatures monstrueuses et grotesques apparaissent dans cette nuit artificielle. S'y agglutinent des méduses blessées échouées dans des ravines, des tiques incendiées se cabrant sous le feu, des bombes rouillées et menaçantes, des icebergs des champs, un puits gorgé de roses, des fleurs glissantes aux crocs luisants, des arbres à viande, à rêve, à meurtre, des geysers tournoyants et des crabes des marais. Tout un bestiaire. Les douves noir pétrole, vides dans la version « jour », charrient dans l'option « nuit » des flots de cadavres. On trouve sur la toile nocturne des dizaines de personnages – des triplées aux dents blanches, un patriarche assoupi savourant un cigare, une vieillarde taciturne crachant sur le sol, une petite pianiste, une femme aux yeux jaunes, des silhouettes innombrables, créant un net contraste avec la première couche de la toile, dépeuplée.

Dans le tableau fluorescent, l'enfant-hibou n'est pas perché dans son arbre : on aperçoit son petit visage à une fenêtre de la maison qui a échappé à l'incendie – elle est intacte, solide et bien entretenue. Le personnage du gardien est le véritable lien entre la version « jour » et la version « nuit ». Il est exactement dans la même posture, épaules tombantes et bras ballants. Seulement, dans la seconde version, il ne tient pas un sécateur, mais un pinceau. Ses yeux sont grands ouverts.

Ils nous regardent.

Ils nous regardent et semblent dire : « Je n'ai plus peur. »

Ils nous disent : « Je n'ai plus peur, car j'ai renoncé. »

L'aube humide lèche mes pieds blancs. Je me promène dans le matin en savourant un criquet froid et du lait d'aubépine. J'observe du coin de l'œil les araignées-typhon qui installent leur nid monumental dans le châtelet d'automne, déjà infesté de capricornes. Voilà un endroit de plus dont l'entrée m'est impossible. Les seuls bâtiments accessibles et sains sont le bébé donjon, la tour de repli et la cabane à épices. Le reste est perdu.

Je fais quelques pas sur l'allée royale ; sous mes pieds nus craquent les pailles viles et les écorces de meringue. Un vent sec agite les roseaux qui infestent la pelouse ; il caresse ma main. Depuis que j'ai cessé de me battre contre elle, je jouis de plus en plus de la compagnie de la nature. Je me découvre une joie brute que je ne me connaissais pas – une joie à être au monde. Comme un nouveau sens, qui se développe de jour en jour, quand tant d'autres s'affaissent – la logique, la raison, la propreté, le goût de l'ordre, la volonté. Désormais, lorsque je me blesse, je contemple ma plaie sans tenter de la soigner. J'observe le sang qui coule, puis coagule, la croûte qui se forme, le pus, la cicatrice. Je savoure la douleur, puis la rémission. Je ne fais plus cuire les légumes, ni les bêtes mortes que je trouve parfois au pied des pruniers. Je me soumets aux lois nouvelles. Je me mets doucement au diapason. Cependant, quelque chose résiste – un irréductible fond humain, dur comme le granit. L'incapacité d'être tout à fait là. Une distance incompressible avec les choses.

Un petit cerf approche en sautillant. Il me regarde avec curiosité, comme si j'étais une espèce exotique n'ayant pas sa place en ces lieux. Je me sens incongru, avec mes restes de vêtements, mes sacs et mon javelot. Ces artefacts sont grotesques, ici, dans cette jungle. Des vestiges. Mais je n'ai pas encore osé m'en départir. Je lance au petit animal une poignée de noisettes. Il ne les touche pas et continue de me dévisager. Il n'a pas besoin de moi. Après quelques minutes, il repart en trottant. Apparemment, je ne l'intéresse pas – j'ai la quasi-certitude de l'avoir vu hausser les épaules. Il rejoint d'autres cerfs, plus grands, qui grignotent les feuilles des orangers trônant sur les ruines de la maison-maître. Je repense à l'inspecteur Mehouad et me demande ce qu'il a pu devenir. Je l'imagine démissionnant de la police, achetant un voilier et s'embarquant dans un tour du monde voué à la catastrophe. C'est un homme d'absolu.

Les douves sont à sec. Personne ne pourra plus s'y noyer. Elles sont tapissées de minuscules plantes à grelots que l'on entend tinter lorsque le vent se lève. Il m'arrive d'y dormir une fois passée la saison des scorpions. Je ne rêve plus de ma mère. Tout cela est derrière.

Soudain, à quelques pas de moi, l'arbre jaune s'effondre dans un long craquement. Les taupes sauvages ont finalement eu raison de lui. Elles travaillent à sa destruction depuis des mois, pour se dégager un accès au lac penché. Je les applaudis avec force. Cet arbre était le préféré de Tom Harcourt. Le petit me manque. Je ne saurais dire depuis combien d'années il est parti. Après quelques mois de vie commune au domaine, il en a eu assez de mes grands chantiers. À l'époque, je pensais encore pouvoir interrompre la débâcle et je me lançais dans des entreprises tout aussi grandioses qu'irréalistes : reconstruire le petit logis jouxtant la maison-maître, restaurer le toit du pigeonnier, aménager le châtelet d'automne, tailler les haies-caporales… Pendant plusieurs mois, j'ai vraiment cru pouvoir reprendre en main le domaine. J'ai fait venir des grues, des pelleteuses, des ciselières, toutes sortes de machines vrombissantes qui me donnaient une illusion de puissance. Tom Harcourt a disparu un matin ; j'ai trouvé ce mot punaisé sur l'écorce de son cher arbre jaune : « *Ton vacarme me rend fou, Clovis. Toute cette agitation m'épuise. Je renonce à la canopée et je quitte le domaine, tant pis pour la malédiction – je prends mon risque. Tu pourras te vanter de m'avoir fait descendre de mes branches ! Adieu, et bon courage. P.-S. : Ne laisse pas filer le bon moment pour renoncer à tes rêves. Après, il sera trop tard.* »

Je n'ai jamais été un gardien, un veilleur ou un châtelain. Je m'en rends compte aujourd'hui. J'étais bien incapable d'endiguer l'effondrement du domaine, ni même de le ralentir. Quels bras il faudrait pour retenir un monde en train de basculer ! Mon rôle est plus modeste : je suis un grand témoin, chargé d'enregistrer la catastrophe ; d'en recenser chaque nuance, la plus petite avancée, le moindre tremblement. Je suis l'archiviste qui consigne la fin du monde. Le greffier du désastre.

La solitude ne me pèse pas. C'est un sentiment auquel je n'ai pas vraiment accès, je crois. Et puis le temps s'entortille, ici ; il ne coule pas comme ailleurs. Quelque chose à voir avec les gigantesques poches de tungstène qui pulsent sous les terres arables et roulent dans la lithosphère. Depuis mon retour, les journées n'ont cessé de se contracter. Un effet de la décadence, j'imagine. Elles ne durent que quelques minutes, maintenant. Je n'ai d'autre miroir que les eaux troublées de la Grave pour le vérifier, mais j'ai l'impression de vieillir d'un an par semaine, d'une décennie par an. Les choses sont à la fois fulgurantes et immobiles. Comme le temps, l'espace se recroqueville. Je peux presque voir à l'œil nu la surface du domaine se réduire. Un jour ou l'autre, je serai concassé par ce rétrécissement. Dans quelques mois, quelques années peut-être, le domaine se sera replié sur lui-même comme une feuille chiffonnée. Puis il disparaîtra.

Déjà la nuit s'annonce. Des nuages gluants rôdent à l'horizon, comme de mauvais souvenirs. Les ailes des vampires claquent au loin. Les lucioles s'allument et j'entends les varans qui feulent dans les marais. Ici, le combat ne cesse jamais. Voici le monde que j'habite désormais. Je ne suis plus économe et n'ai plus de morale. Tout n'est que vitesse et danger. Je ne durerai pas. Le long des jours, je chasse les renards et je danse dans la boue. Les poules d'eau me craignent ; je redoute la foudre, les poux et la variole. Tout est hostile et je suis à ma place. Mon nom a perdu tout son sens. Je suis de la patrie des ronces, des lombrics et des ombres. J'ai l'œil du faucon et le cœur de la truite. Je suis voué à l'échec. Je me rue dans les friches, rampe le long des ruisseaux, évite les morsures, piétine les mulots. Je me vide avec méthode de tout ce que je suis. Mes ongles sont terreux et ma prétention infinie. Je m'applique à atteindre le stade le plus brutal de la conscience.

Mes yeux sont grands ouverts.

Je veux tout voir. Que rien ne soit ignoré.

Et je vois. Je vois jaillir les monstres du domaine. Je vois des fleuves orangés de safran et de larmes qu'enjambent d'immenses sauterelles électriques, je vois des saumons à tête de tsar, des communiantes infâmes au groin de porc luisant, des demi-loups furieux au visage fondu, des enfants cruels et sans lois, de molles sommités aux yeux couverts d'écailles, des hordes de chrétiens prêts pour le sacrifice, des étoiles enchâssées dans des champs de misère, des péninsules sans nom, des chevaux suppliciés, des catéchismes bégayés, des dunes rebondissantes, des mines de sang serré, des pythies effarées balbutiant dans les combles, des marais à rebours, du temps desséché s'effritant dans les caves, des ombres domestiques, je vois poindre des aurores et fondre des soleils.

Je ne suis qu'à cela, tout dévoré de visions.

La nuit passe, d'orties et de jouvence, de clameurs et de feu. Une nuit terrible, à la gueule ruisselante, grouillante de bestioles et de danger. Je m'y faufile sans trembler. Je n'ai plus d'états d'âme. La lune, déjà, tombe à l'horizon. La clarté tire tous les coins du ciel. Quelques étoiles persistent, puis s'évaporent, exténuées. La rosée arrive alors, comme une avalanche minuscule. Elle rampe sur les brins d'herbe, s'agrippe au lierre rouge, fond sur les souches et perle sur les épines des flamants endormis. Une brume blanche et glaciale recouvre la campagne. Tout semble neuf. À inventer.

Je grimpe au sommet du chêne empereur pour contempler la naissance du jour. Le domaine est superbe, envahi par la jungle. Toute une nature vorace, grouillante de volonté, d'un vert éblouissant. Une furie végétale, inarrêtable. Le monde, à ses meilleurs moments, ressemble à un tableau.

Minuscule dans cette immensité, je suis le dernier des hommes. Toute pensée a déserté ces terres. Tous les fantômes sont partis. Pépin, Phéodora, ma mère, Minh, Bertille, Rodrigue, Hilke. Leur souvenir s'estompe, s'engourdit. Bientôt, plus personne ne se souviendra d'eux. Il traîne dans l'air un parfum de zinc, de glaise et de fourrure qui me rappelle celui du tantale. Au loin résonne le fracas d'un éboulement. Des falaises s'affaissent comme de vieux éléphants et des blocs de roche se détachent des collines. Le temps s'effondre sur lui-même.

Perché dans mon chêne corse, je trouve une belle branche noire, large et sans aspérités. Elle est douce, souple et accueillante. Je la caresse de ma main calleuse et écorchée, qui n'est plus celle d'un artiste – c'est la main d'un paysan. Je sors mon canif de ma poche. J'hésite un instant, puis je me décide. Méticuleux, j'y grave trois mots avec application. Je taille de belles lettres, épaisses et lisibles. La chair blanche de l'arbre se détache du noir de l'écorce. J'y laisse ma dernière trace.

Voyageur, si tu viens un jour visiter les décombres du domaine des Douves, retrouve donc cet arbre aux feuilles bleutées. Contemple-le quelques instants, puis ose y grimper. Tu pourras lire, sur ses plus hautes branches, le serment de l'homme d'hier :

« Je n'oublierai rien. »

REMERCIEMENTS

Merci à Caroline Bouffault, à Dominique Gouteron, à Pierre Hustache, à Olivier Schleibling et à tous les amis de l'atelier de la rue Péguy, au rythme duquel ce livre s'est écrit. Remerciements bien sûr à Betty Mialet, à Bernard Barrault et à leur équipe de choc pour leur confiance et pour leur aide, ainsi qu'à Anne Serre, dont les fusées ont éclairé ma route, et à Sylvain et Marie-Laure P. Merci également à Gabriel Ponti et à sa patience d'ange, pour m'avoir accordé un accès quasi illimité aux archives de l'université de Mont-Fabien (pardon encore pour les heures supplémentaires !). Ce livre, enfin, n'aurait pas vu le jour sans la merveilleuse Élise et sans le soutien d'Aude, qui colore mes jours.

Cet ouvrage a été mis en pages par

<pixellence>

CET OUVRAGE
A ÉTÉ ACHEVÉ D'IMPRIMER
SUR ROTO-PAGE
PAR L'IMPRIMERIE FLOCH
À MAYENNE EN FÉVRIER 2022

N° d'édition : L.01ELIN000603.N001. N° d'impression : 99999
Dépôt légal : mars 2022
Imprimé en France